Vincent Kleemayer

Schreibtisch-Experimente
Erzählungen / Storys

AF201057

BOOKS on DEMAND

Der Autor

Bald zehn ereignisreiche Jahre widmet sich der im Heilbronner Lande groß gewordene Jungkünstler dem Erdichten von experimenteller/kafkaesker Unterhaltungsliteratur.

Mehr Lesestoff aus Kleemayers Feder
° Operation Grüne Hölle; Neo-Thriller
° Prinz Adix; cooLK i dZ #1
° Horribile dictu; Satireroman

Vincent Kleemayer

Schreibtisch-Experimente

Prosa-Anthologie II

Umwelthinweis:
Dieses Buch wurde auf chlor- und säurefreiem Papier gedruckt

1. Auflage November 2019
© 2019 Vincent Kleemayer, Perleberg/Norddeutschland

Herstellung und Verlag: BoD – Books on Demand, Norderstedt

ISBN: 978-3-750-41123-4

FÜR DAS TEAM

VON

www.armedangels.com

Inhalt

Der falsche Zeitpunkt

Auf der Bundesstraße war nur wenig Verkehr, was den Zeitplan hätte begünstigen können. Hätte...

Während der Autofahrt zum Theater erzählte Nicole Stahlzwerg ihrem Mann Tobias, dass sie im vergangenen Frühjahr eine Affäre in Italien gehabt habe, die inzwischen jedoch passé sei. Sie hoffe inständig, er — liebster Tobi — könne ihr diesen *Ausrutscher der Untreue* verzeihen.

Links der gut ausgebauten Fahrbahn zog sich eine Waldung dahin, die malerisch unter dem Dämmerungshimmel des Herbsttages lag. Bis zur nächsten Kreuzung waren es noch knapp fünf Kilometer.

Nachdem Tobias dieses Geständnis gehört hatte, lenkte er ihren Pkw — den luxuriösen BMW — in eine Haltebucht mit Notrufsäule, um diese brandneue Information erst mal richtig einzuordnen.

Sie waren ein sehr junges Ehepaar. Tobias zählte 29 Lenze, Nicole noch weniger — 26. Reich an Kapital waren sie nicht, dennoch hatten sie bisher Fortunas Gunst hinreichend erfahren dürfen.

Tobias war Ingenieur bei Bosch-Engineering, einer gesonderten Abteilung für Entwicklung innovativer Antriebsmöglichkeiten im Bereich Personenbeförderung. Er bezog ein beachtliches Monatsgehalt für das Bereitstellen seiner Zeit sowie Intelligenz. Er hatte sich tapfer durch ein Maschinenbau-Studium gekämpft, was sich nach wenigen Anläufen in namhaften deutschen Firmen auszuzahlen begann. Auf mehrere Praktika folgte zu guter Letzt die Festanstellung bei Bosch. Seine Vorgesetzten schickten ihn regelmäßig auf Fortbildungskurse, teils runter nach München oder hoch bis nach Hamburg. Sein direkter Chef mochte ihn, schätzte ihn zweifelsohne, sah sich sogar an besonders guten Tagen selbst in ihm.

Er war ein schlaues Köpfchen mit Plänen sowohl im Beruf als auch im Privaten. Er und Nicole waren noch keine drei Jahre verheiratet. Die Gründung einer Family mit mindestens zwei Kiddies wollten sie im neuen Jahr ernsthaft angehen.

Der SUV aus dem bayerischen Freistaate kam zum Stehen, und Junggatte Tobi blieb bei laufendem Hybridmotor sitzen. Das gedimmte Licht der LEDs vom Armaturenbrett ließ seinen Gesichtsausdruck nur undeutlich erkennen. Das Radio war auf ON, leise; es lief ein Hörspiel zum Thema Klimawandel/umweltpolitische Herausforderungen ab 2020.

Er schaltete die kritischen Radiostimmen aus, dann stellte er den Motor ab, die Xenon-Scheinwerfer leuchteten jedoch weiter auf die leere Bundesstraße. Die Fenster waren bis zur Hälfte heruntergelassen, um etwas von der Herbstluft zu erspüren, und kaum war das Motorengeräusch verebbt, konnte das Paar auch schon mancherlei Laute der frühabendlichen Umgebung wahrnehmen. Ein leichter Windzug, der Flügelschlag einer Amsel, die im Gestrüpp hektisch das Weite suchte.

Schwach konnte man durch die Schlitze der hohen Baumstämme des nahen Waldes den Himmel erblicken; der Anstrich vom Tageslicht noch nicht gänzlich abgeblättert, obgleich es hier auf der B27 fast dunkel war.

Nachdem Nicole ihre Sündenlast abgeworfen hatte, blickte sie blicklos in die grelle Schneise der BMW-Scheinwerfer.

Für eine flüchtige Sekunde schaute sie zu ihrem Herzblatt rüber, doch als sie losgeworden war, was sie loswerden wollte, hielt sie die zierlichen Hände im Schoß und starrte weiter nach vorn.

Nicole war eine adrette junge Frau mit den Zügen eines frechen Mäuschens — kleines Kinn, kleine Nase, kleine Ohren, allerdings mit einem liebreizenden Lächeln, das sie nur zu gern ihren Mitmenschen zu schenken bereit war. Sie trank sich auf festlichen Geselligkeiten auch gern einen Schwips an, senkte markant ihre Stimme und fläzte sich mit einem Sektglas in eine Hollywoodschaukel und zeigte erotisch viel von ihrem *unveränderten* Busen.

Sie war bei Mannheim aufgewachsen und hatte in Frankfurt zig Semester Pharmazie studiert.

Der fleißige Tobias hatte sie bei Rock im Park vor einer halben Dekade kennengelernt. Ihm hatten es Nickis kühne Kurzhaarfrisur und ihre mädchenhaftes Naturell angetan; ebenso die cool angeraute Stimme, die sie raffinierter klingen ließ, als sie gemäß sämtlicher Examensbescheinigungen war, und obendrein sie selbst davon überzeugte. In ihrer Heimatregion sagten ihr alte Feindschaften das Gehabe des typischen Flittchens nach, welches nicht allzu lange mit dem lieben Tobi verheiratet bliebe. Dessen zweite Frau würde dann um Welten besser zu ihm passen. War Nicole also nur der Einstieg?

Nicole erkannte jedoch ein ganz anderes Porträt, wenn sie morgens in den Spiegel schaute. Sie mochte das starke Geschlecht eben, fühlte sich happy und selbstsicher im Kreise männlicher Zeitgenossen und nahm schlicht an, dass Tobi dies nicht störte. Dass es auf lange Sicht auch seiner Karriere bei Bosch zuträglich sein würde, eine beliebte und lebensfrohe Ehefrau zu haben.

Um sich von der breiten Masse abzuheben und soziales Engagement zu beweisen, war sie sogar für vier volle Wochen als Freiwillige nach Lampedusa gereist, um in Auffanglagern für afrikanische Flüchtlinge dringende Nothilfe zu leisten. Und auf dieser Mittelmeerinsel war Nicki ein *heldenhafter* Heli-Pilot namens Armin Wolkethal über den Weg gelaufen. Oder vielmehr geflogen, geschwebt... *a really nice man!* Fazit: Schon nach dem dritten "Meeting zur

Lage" und der durchaus effektiven Beihilfe einer Flasche französischen Rotspons, landeten die zwei Gutmenschen zusammen in der Kiste. Aber da dem Ganzen nur ein reziprokes wie minimaltemporäres Verrücktspielen der Hormone zugrunde lag, und Armin seinen Lebensmittelpunkt eh in der österreichischen Hauptstadt hatte und das Mädel ja in einer *glücklichen* Ehe lebte…

Kurzum: Es würde NIE WIEDER passieren, so klang ihr kategorischer Imperativ. Und es war ja de facto seit ihrem humanitären Einsatz im Ausland nichts dergleichen vorgefallen.

Während der leicht überschaubaren Zeitspanne, die die Stahlzwergs nun schon am Waldesrand weilten, ein leichter Wind durch die offenen BMW-Fenster wehte, hatte Nicole keine Silbe gesprochen. Und auch ihr Mann Tobias hatte kein Wort gesagt, obzwar ihm klar war, dass er nur deshalb nichts sagte, weil es ihm rundum die Sprache verschlagen hatte. Und das will heißen, begriff er, dass nichts, was einem Männerkopf einfällt, nach dem eben vernommenen Geständnis als nächster Gesprächsbeitrag sonderlich interessant erscheinen kann. Ihm war bewusst, dass er quasi ein *unfertiger* Mann war — in mancherlei Hinsicht noch frischerwachsen —, aber ein Blödhammel war er nicht.

Auf der Uni hatte er Frau Dr. Grimmers Seminar über Gregor von Rezzori besucht und sich auf diesem Weg einen gewissen Sinn für Ironie und Humor zugelegt; auch die Sicherheit, dass wahres Wissen ein geistiger Prozess ist, eine teils mühselige Suche, keine Akkumulation trockener Fakten — ja, vielmehr so etwas wie *Freiheit*, die man nur in der Praxis voll und ganz erlebt. Er hatte außerdem viel Basketball gespielt und halbwegs erlernt, dass Taktik sowie Angriffslust eine zumeist subtile und überraschende Kombination darstellten. Der Ingenieur Tobias hatte sich vorgenommen, beides im Bosch-Werk aufs Tüchtigste zu erproben.

Doch einen erschreckenden Moment lang, als der junge Ehemann umschlossen von dem apathischen Halbdunkel dasaß und spürte, dass es ihm die Sprache verschlagen hatte, geriet er in eine Art weichen Hypnosezustand und wurde von der Panik ergriffen, er könnte vielleicht nie wieder sprechen; die toxische Mischung aus Arbeitsüberlastung und der bodenlosen Enttäuschung über Nicoles Ehebruch brächte ihn dazu, sich von der Realität zu lösen und aus der Gegenwart zu gleiten, ja, er wäre dabei, den so lange geschulten Verstand zu verlieren, gar dem Irrsinn zu verfallen, und zwar dermaßen, dass er anfinge wie ein Orang-Utan zu johlen; und so würde das Monate gehen, kein deutliches Wort, geschweige denn einen simplen Satz, bis er nach Einnahme eines Nieren schädigenden Psychopharmakons doch wieder zur verbalen Kommunikationsfähigkeit gelangte, jedoch nur 5-Wort-Sätze, die so wenig Sinn ergaben, dass man ihn am Ende in die Klapsmühle stecken müsste — hoffnungsloser Fall mit zeitweiligen Rachegelüsten, die sich insbesondere in Vollmondnächten zu Mordgedanken steigerten. Was für eine Horrorvorstellung, Tobias!

Um dies zu vermeiden — um sein Leben und seinen Verstand zu retten —, machte Tobias eine Äußerung, welche er dem Dämmerlicht überlassen konnte, in dieser kostspieligen Kutsche, wo seine brav verehrte Frau die Reaktion auf ihre endlich gestandene Affäre erwartete.

Aus unnennbarem Grund lautete die Äußerung, die er von sich gab, "endlose Tundrensteppe". Eine Wortkombination, die er bei National Geographic Channel aufgeschnappt hatte, als sie sich ihre Garderobe für den Theaterabend zusammensuchten.

»Wie bitte?«, sagte Nicole. »Hab dich nicht richtig verstanden.«

Sie wandte ihm ihr geschminktes Gesicht zu, sodass ihre zwei Perlenohrringe das Licht des aufgehenden Mondes einfingen.

Sie trug ein aprikosenfarbenes Cocktailkleid und Satinschuhe von Gucci, die ihre schlanken Knöchel und gebräunten Waden betonten. Ihr JLo-Parfüm duftete nach verspielter Verführung.

»Mir ist klar, dass du so etwas nicht hören wolltest«, begann sie behutsam. »Aber ich schleppe diese widerliche Last schon Monate mit mir rum, schon viel zu lange. Und ich dachte, du solltest es noch vor deinem Geburtstag nächsten Monat wissen; vor allem vor der Weihnachtszeit. Kennst mich ja, weißt ja, wie romantisch ich die Weihnachtsmärkte finde. Jedenfalls — das Kapitel "Pilot" ist beendet. Aus und vorbei. Du verstehst? Nie wieder, nie wieder. Das verspreche ich dir, Tobi. Ich war durch das Elend mit den Flüchtlingen so verdreht im Kopf, so völlig aus der Bahn, keine Ahnung welcher Teufel mich... tut mir alles furchtbar leid, okay?«

Nicole hatte einen kleinen Kirchturm aus ihren Fingerspitzen gebildet, scheinbar zum Schutze ihrer Konzentration, indessen sie ihre knappe Entschuldigungsrede hielt. Nun legte sie ihre Hände wieder ruhig in ihren Schoß zurück. Das schicke Kleid hatte Nicki extra von ihrer besten Freundin geliehen. Sie hatte gehofft, dass es Tobis Augen gefallen würde, aber der hatte bis jetzt keinerlei Kompliment für ihren Theater-Dress gefunden.

Sie drehte den Kopf zum Autofenster hin und stieß einen Seufzer der Reue aus. In dieser Sekunde schalteten sich die Scheinwerfer des SUV automatisch ab.

Okay, was jetzt, toller Tobi mit den "sexy hellblauen" Augen? Nun, obgleich Tobias den Verlust des eigenen Verstandes rechtzeitig abwenden konnte, war er — gewiss zu Recht — überaus verstimmt. Sprich, seine Laune war im Keller, weit, weit unten. Die Untreue in Person saß neben ihm im todstillen BMW und glotzte weiterhin nach vorn.

Zwei Gedanken rangelten nun im Ring seines wieder erwachten Bewusstseins. Der eine war zweifellos an seine Meinung über den Wiener Piloten gekettet. Dieser Hundesohn! Verdammt, den Kerl werd ich kaltmachen! Ohne mit der Wimper zu zucken! Wie tief muss einer innerlich sinken, wenn er die irreparable Zerstörung einer Ehe so gewissenlos in Kauf nimmt? Nur für ein paar Sekunden orgastischer Ekstase?! Doch Moment, waren es nicht gerade des Piloten charmante Charakterzüge, die seine Angetraute in ein fremdes Bett lockten? Verdammt — wollte oder sollte er vielleicht mehr über jene Schürzenjäger erfahren, um künftig vor dem Risiko eines Rückfalls seiner Gattin gefeit zu sein...

Der zweite Gedanke kam unter einem anderen Mantel daher, nämlich dem, dass Nicki schon immer gern verstörende Dinge gebeichtet hatte, die sich dann — wie er vermutete — als harmlose Märchen herausstellten; tja, diese kuriose Eigenschaft gehörte zu ihr wie der Mount Everest zum Kraxlerkönig Reinhold Messner, oder umgekehrt. Beispiele gefällig?

Angeblich war sie als Kind einem Wanderzirkus hinterher gelaufen und blieb — zum unvergesslichen Schrecken ihrer Mutti — über eine Woche dem Elternhaus fern; später dann, als aufmüpfige 15-Jährige hatte sie zusammen mit ihrer "rebellischen Clique" dutzendfach Zigarettenautomaten aufgebrochen, bis die Kohle für 'nen Weekend-Trip nach Amsterdam beisammen war; und ein andermal hatten sie im Kokainrausch einen Streifenwagen der Polizei aufs Dach gekippt; außerdem hatte sie an der Uni gemeinsam mit Kommilitoninnen eine Online-Plattform für Singles betrieben, total lukrativ, Tobi! Wenn sie diese seltsamen Storys erzählte, stolperte sie am Ende stets über eine Hürde aus Widersprüchlichkeiten.

Und jetzt, da er keine jener ollen Kamellen mehr mit der Wahrheit vereinbar hielt als die heutige, dämmerte ihm gallenbitter, dass er seine Frau eigentlich überhaupt nicht kannte; ja, dass die gesamte Hypothese des ehelichen Vertrauens, der verlässlichen Nächstenliebe, zwar nicht gerade ein Hirngespinst war, aber doch vollkommen überholt, ja, unrettbar erloschen, allenfalls signifikant für eine andere Ära und im 21. Jahrhundert hinfällig. Hm, leider?

Etwas in ihm weigerte sich dennoch, die Ehe als staatlich begünstigte Irreführung beziehungsweise obsoletes Zweckbündnis zu deklarieren, denn *irgendwo im Kosmos* war sie ja positiv erfahrbar — und zwar als glückliche Schicksalsfügung im Leben seiner Eltern.

Und trotzdem war da diese Stimme... Ein großes Mädchen kennen zu lernen, sich zu verlieben, zu heiraten, in die ach so geile

Großstadt zu ziehen, einen überteuerten Bauplatz zu ergattern, ein Leben mit der Liebsten aufzubauen und immerdar zu glauben, man wisse wirklich etwas von ihrer Vergangenheit. Letzteres zumindest glich doch der reinsten Fiktion, und diese Erkenntnis ließ vor Tobis Auge den Farbeimer der aberwitzigen Farce übers gesamte Gemälde "Eheleben" kippen.

Nicole konnte als Jugendliche ja wirklich eine Reihe von kleinkriminellen Schandtaten begangen haben, vielleicht sogar ernstere bei denen die ein oder andere Seele, wenn auch nicht unmittelbar, zu Schaden kam; tja, so quälend wenig wusste er also über seine Ehefrau.

Und mal angenommen, er sagte irgendwas davon zu ihr, die da als *Bildnis der reuigen Hure* neben ihm hockte, sich im schlechtesten Moment im Schweigen übte — beim Poseidon unten am Meeresgrund würde sie entweder keinen Satz verstehen oder einfach nur piepsen: »Gut, nice, okay, ist gut.«

Plötzlich tauchte aus der Dunkelheit ein Scheinwerferpaar auf. Das blendende Licht traf ihre angespannten Mienen, während sie wortlos durch die Windschutzscheibe starrten. Und desgleichen einen Fuchs, der just vom Waldrand her die Straße überquerte — überqueren wollte. Der fremde Fahrer eines Lieferwagens brauste schneller heran, als es zuerst den Anschein hatte. Dies führte dazu, dass der Fuchs stoppte, in den bedrohlichen Lichtkegel schielte und sodann die Gegenspur anpeilte. Erst auf halber Strecke hob er wieder den Schädel und registrierte ein weiteres unbekanntes Ding in seinem Revier — den SUV der Stahlzwergs, welcher als noch bedrohlicheres Monstrum der Finsternis die Haltebucht versperrte. Dieser verstörende Anblick drängte ihn zu dem Entschluss, dass es dort, wo er herkam, viel angenehmer sei als dort, wo er hinstreunern wollte; verdattert kehrte er also Richtung Waldstück um.

Zwei Sekunden später traf ihn das Pech mit rücksichtsloser Wucht — der Idiot von Raser im Dieselvehikel schoss ohne zu bremsen über den Rotfuchs hinweg. Es entstand ein dumpf-grässliches Geräusch. Dann legte sich eine gespenstische Reglosigkeit über den Seitenstreifen vis-à-vis dem jungen Ehepaar.

»Drraaahh-haaa!! Duuuu Drecksvieh! Einer weniger!«, grölte die fremde Männerstimme aus dem offenen Fahrertürfenster des Lieferwagens, gefolgt von der Sadistenlache eines zweiten gehirnamputierten Trottels.

Und dann wurde es wieder still. Sehr still. Der Fuchs lag keine 30 Meter vor dem BMW der Stahlzwergs, am Rand der B27. Offenbar kein Todeskampf, er lag da wie unbeabsichtigt eingepennt.

»Mein Gott! Ist das Tier *tot*?!«, stieß Nicole schreckentsetzt aus.

Ihr Mann sagte nichts, obwohl auch ihm eine Bemerkung auf der Zunge lag.

»Was machen wir jetzt? Unternehmen wir was? Irgendwas, Tobi?«, fragte Nicole mit aufgeregter Stimme. Sie hatte sich vorgebeugt, um den Fuchs durch die Windschutzscheibe besser sehen zu können.

»Warum?«, replizierte Tobi, den Blick gleich einem wachsamen Nimrod auf die Tierleiche außerhalb seines Pkws gerichtet. Dieses Fragewort war übrigens sein erstes — abgesehen von einer für den gesunden Menschenverstand unzugänglichen Tundrensteppe —, seit Nicole ihr bedauernswertes Fremdgebumse kundgetan hatte und ihr Luxusmobil noch auf einen ergötzlichen Theaterbesuch zusteuerte.

Und da flog ihm seine Faust jäh vom eigenen Körper weg — fast genau auf die schöne Nase seiner Ehefrau zu. War das seine Absicht? Wollte er das? Nebbich — es war zu spät!

Er traf sie mit dem Handrücken. Der Schlag war nicht hart, aber auch nicht lasch. Irgendwie war es mehr eine explosive Geste als ein reeller Faustschlag, wobei ihm bewusst war, dass ein Eheberater oder Polizist es als solchen hätte definieren können. Er spürte ja deutlich die weiche Nasenspitze samt knubbeligem Knorpel gegen den Knochen seiner Fingerrücken schrammen. Nein, es wäre vor keinem Richter dieser Welt zu leugnen...

Er, Tobias Stahlzwerg, hatte noch nie in seinem Leben ein weibliches Wesen geschlagen, und er hatte auch nie zuvor ernstlich erwogen, *seine* Angebetete zu schänden; hatte sich immer gesagt, er könnte ihr niemals wehtun, wenn er über die TV-News derartige Meldungen aus dem degenerativen Dasein anderer Leute aufschnappte. In seiner Jugendzeit hatte er mehrmals losgeprügelt und war ebenso vermöbelt worden. Auf Schulhöfen, bei Fußballspielen, im Industriegebiet zwischen dem bröckligen Gemäuer runtergewirtschafteter Lagerhallen.

Aber Mädchen werden keinesfalls mit Gewalt angerührt — verstanden, Tobi!! Das hatte ihm sein Paps von Lebensjahr zu Lebensjahr gepredigt. Seine Mutter mit nahezu derselben Schärfe.

»Shit!! Hilfe — spinnst du jetzt?!«, kreischte Nicole, als sie den mittelstarken Fausthieb abbekam. Unwillkürlich legte sie ihre Rechte über die getroffene, stark gerötete Gesichtshälfte.

Grabesstille kehrte ein. Sein Herz schlug etwas schneller und sein Handrücken schmerzte leicht. Das war alles gefühlsfrisch, trauriges Neuland. Tobias hatte ein erbsengroßes Muttermal hinter dem rechten Ohr; die Haut an der Stelle des Males begann überraschend zu krabbeln.

Sehr seltsam: Er fühlte sich nach dieser — völlig ungeplanten! — Attacke merklich erleichtert. Wie nach einer Klausurarbeit für die man drei verfluchte Abende lang gebüffelt hatte. Nicole, seine Frau, tat ihm allerdings kein bisschen leid, wie sie halb versteinert dasaß und ein kleines Dächlein mit ihrer Rechten über ihrem Näslein bildete, und kuhäugig vor sich hin glotzte, als hätte auf Sichtweite der Blitz eingeschlagen.

Zum Glück erlitt sie kein Nasenbluten; es rann kein Tropfen Blut über die noblen Ledersitze mit komfortabler Massagefunktion. Zusätzliche Erleichterung!

Wo blieben die notorischen Tränen? 1000:1 dass jede Sekunde das große Geflenne losbrechen würde. Sie war ein Weibsbild, das weinte — im Zustand krassen Unglücks, wenn er ihr etwas Gemeines, annähernd Satanisches an den Kopf warf, wenn sie mal wieder dem elendigen Zyklus ihrer sogenannten Periode unterworfen war. Weinen war etwas Natürliches binnen der Existenz aller Frauengeschöpfe, nicht wahr? Jedoch unleugbar(!!!) stellte es für Nicole eine komplett neue Erfahrung dar, geschlagen zu werden. Zwar in Actionfilmen 1000-mal gesehen, gehört, beobachtet, rein visuell rezipiert — ABER DIE REALITÄT?!?
Genau, dieses brachiale Faktum, so unverhofft wie unerwünscht in Miss Stahlzwergs Luxusleben geprescht, verlangte etwas Neues von ihr als Individuum, und falls nicht dies dann allemal Stärke, mentale Widerstandskraft, ja, ex aequo Selbstbeherrschung, sprich Eigenschaften, welche bei der *alten* Nicki für andere Erfahrungen reserviert waren.

»Das Theater kann ich mir abschminken«, kam es beinah geduldig aus ihrem Mund.

Sie ließ ihre Rechte sinken, inspizierte die Handfläche, als läge in der winzigen Grube ein unersetzlicher Teil ihres Körpers. Selbstverständlich dachte ihr Gehirn an Blut. Er hörte sie einatmen, es klang nach verstopfter Nase; es folgte leises Ausatmen durch den Mund. Einen Mund, den er unzählige Male voller Geilheit geküsst hatte; hm, und nun konnte er ihren Lippen nicht mehr an Sinnlichkeit abgewinnen als einem versifften Gullydeckel.

Sie, die hübsche Miss Stahlzwerg, weinte aber nicht. Und infolge dieser surrealen Konstellation war Junggatte Tobias sich nicht mal mehr sicher, dass er seiner Frau wirklich eine Faust verpasst hatte: Ob es nicht nur ein finsterer Teufelsgedanke gewesen war, der beschämenderweise seine Synapsen geißelte?

Allerdings wäre er jetzt sehr gern zum Kern dieser Affären-Chose vorgedrungen, statt in sachfremden Details zu versacken. Denn Armin Wolkethal war Tobias genauso wurscht wie die Einzelheiten dessen, was sie auf irgendeiner Elendsinsel an Sexspielchen getrieben hatten. Nicki würde ihn nie wegen dem Piloten oder eines ähnlichen Mistkerls verlassen; und Wolkethal und Mistkerle wie Wolkethal — Prahlhänse im ominösen Samaritergewand — warfen nicht alle Zukunftspläne für nicht-dekorierte kleine Luder wie Nicole über den Haufen. Ne, ne…

Er dachte an ihre Nase. Rot und geschwollen, sicherlich nicht gebrochen; Nasen, auch die von Frauen, hielten was aus. Ferner beruhigte ihn, dass für die Theatervorstellung kein Mensch auf sie wartete. Die zwei waren — ha!, ausnahmsweise! — mal nicht mit Bekannten, die ein vergleichbar snobistisches Leben zelebrierten, verabredet.

Aber nun zu den alles entscheidenden Details, ja? Bitte! Die sachbezogenen, an Relevanz in keiner Bosch-Statistik erfassten Einzelheiten, die Tobi von Nicki erfahren wollte, konnten im Grunde als zwei Fragen formuliert werden:

a) Tut dir der Ehebruch leid?

b) Darling, was bedeutet's für unsere Zukunft? Auf diese beiden disputablen Fragezeichen kam es dem Junggatten an.

Erstaunlicherweise war der Fuchs, der von dem Lieferwagen durch die Luft geschleudert worden war und dann als mitleiderregendes Häuflein aller Wahrscheinlichkeit nach Höllenqualen erleiden musste, urplötzlich wieder zum Leben erwacht und versuchte jetzt, sich sowie seine zerschmetterten Hinterläufe von der B27 herunter und rüber auf den Grasstreifen, beziehungsweise das Unterholz am Waldrand, zu schleifen.

»Das darf nicht wahr sein. Armes, armes Tier. O Gott, ich kann nicht hinsehen«, sagte Nicole und legte die Hand wieder über ihre lädierte Nase. Sie drehte den Kopf zum Beifahrerfenster, konnte das gräuliche Schicksal des Waldbewohners kaum verkraften.

»Raus mit der Sprache: tut es dir wenigstens leid?« Die Strenge in Tobis Stimme war unüberhörbar.

»Ja, absolut«, erwiderte Nicole, immer noch mit halb geschütztem Gesicht, als könnte ihr Pech sich jeden Moment wiederholen. War der Schmerz etwa nicht ganz abgeklungen?
»Ich mein, absolut nicht, kein bisschen, du — «
Darauf war's mucksmäuschenstill im BMW.

Am liebsten hätte er ihr noch eine eingeschenkt. Hm, vielleicht 'ne Schelle aufs Ohr? Welch misogyne Motivation, oder?

»Na, was denn?«, fragte er und wurde richtig wütend.
Was ihn schon immer bis zur Weißglut gebracht hatte, sein Leben lang, war die Situation, in der er ALLES nur verkehrt machen

konnte, in der es die Option "richtig" schlicht nicht mehr gab. So fühlte sich die Situation jetzt an; auf gut Deutsch — beschissen[3]!!!

»Ich kotz gleich — was denn?«, sagte er wieder, wütend wie ein todwunder Stier. »Typisch Weiber: null Mumm in den Knochen! Geschweige denn Ehrenhaftigkeit!«

Vielleicht sollte er diese doofe Zicke doch ins Theater kutschieren, erwog Tobi tückisch, mit geschwollenem Gesichtserker, kreidebleich, einem stigmatisierenden Veilchen auf der Wange — und dann viel Spaß beim Kontern dummdreister Fragen wildfremder Leute. Oder sie hier an der Bundesstraße einfach aus dem BMW kicken (auch NIE WIEDER f****n?) und schnurstracks heimfahren… hurra! Playstation einschalten, Realität abschalten.

Das waren durchaus nur Gedanken, abstrus und nach Schwächlichkeit stinkend.

»Zum Teufel, was ist denn los mit dir?«, wollte er endlich wissen. Sein Hirn klebte an diesen Wutworten fest, an dieser Fussel unfruchtbarer Neugier.

»Es tat mir leid, als ich es dir gesagt hab«, antwortete Nicole mit erstaunlicher Fassung.

»Aha, und weiter?«, knurrte Tobi.

»Ähm, allerdings nicht sehr«, ergänzte sie, ließ die Hand vom Gesicht in den Schoß sinken. »Aber jetzt, da ich's dir gestanden hab und du mir dafür ins Gesicht gedroschen hast, tut mir nichts mehr leid — außer mein Zustand. Obwohl es mir auch leid tut, mit einem Rüpel verheiratet zu sein, doch der Fehler wird behoben, so schnell es unsere Legislative zulässt.« Nicki vergoss noch immer keine Tränen. Sehr merkwürdig.

»Also, Herr Stahlzwerg, können Sie *jetzt*, falls noch ein Funke Mitgefühl in ihnen steckt, vielleicht mal aussteigen und irgendwas machen, um dem verletzten Lebewesen da draußen zu helfen, das von zwei total geistesgestörten Volldeppen zuerst angefahren und dann ausgelacht wurde, weil sie nicht mehr als würdelose Würstchen sind?

Na, könntest du das machen, Tobi? Ist das im Rahmen deiner Möglichkeiten, okay?«

Sie kratze sich am Unterarm, ließ dann ein depressives, männerfeindliches Seufzen vernehmen.

»Nicki, es tut mir leid, dass ich... Ach, mir ist einfach die Hand ausgerutscht«, erklärte Tobias und öffnete die Fahrertür des SUVs.

»Klar, schon klar, und es wird dir noch sehr viel mehr leid tun.« In ihrer Stimme bebte, nur schwach, eine Gereiztheit, die er nie zuvor bei ihr wahrgenommen hatte.

Tobias ging widerstrebend über die leere Bundesstraße. Sein Ausgeh-Jackett hatte er im Auto liegen lassen. Konzentriert und mit halb zusammengekniffenen Augen peilte Tobias die Stelle an, wo dem Fuchs sein *worst nightmare* widerfuhr — "Pelzkontakt" mit 'nem rollenden Blechhaufen. Aber da war nichts. Nein, da lag kein bepelztes Geschöpf aus dem Reich der Tiere. Es waren nur noch vereinzelte Blutspuren auf dem Asphalt erkennbar. Ein zweifellos Ekel wie Mitleid erregender Anblick, wobei das Bedauern hinter Tobis Brust überwog. Also hatte der Fuchs mittels den letzten Reserven seines niemals denkenden Instinktes die Energie gefunden, sich irgendwo im Revier zurückzuziehen, um seinen schicksalhaften Abgang… Ein Jammer: erst diese hirnzerschmetternde Beichte, dann ein Tiermord…

Tobias spähte über die Büsche und eine wild wachsende Dornenhecke hinweg. Hier, einige Meter abseits entlang der B27 und dem nahen Waldrand, war es seltsam still.

Er meinte dennoch, sein Gehör hätte ein Ra-
scheln im Unterholz vernommen. Hm, etwa ein
weiteres Wesen, das sich zwischen Laubge-
hölze und weichen Gräsern *bettet*, um für immer zu schlafen? Vielleicht... Der junge Ehemann fragte sich, wie lange es dauern würde,
bis sein Zorn ganz und gar verraucht sein
würde. Tage, Wochen? Dann überlegte Tobi,
wieso seine Frau ihre Liebelei auf Lampedusa
ausgerechnet heute enthüllt hatte. Es hätte
doch auch nach dem Theaterbesuch gereicht,
oder morgen Abend, oder... Irgendwie sehr eigenartig, diese mysteriösen Weiber! Wird denn
einer jemals schlau aus ihnen?!

Plötzlich hörte er, wie der BMW ansprang.
Sein BMW — der Hybridmotor lief tatsächlich!
Tobias drehte sich impulsiv um die eigene
Achse. Das Xenonlicht stach ihm ins Gesicht;
blendete ihn böse. Er hörte verabscheuungs-
würdiges Death-Metal-Gegröle aus den Sound-
boxen hämmern.

Er machte ein paar ungelenke Schritte — jetzt
erst sah er zwei hassentflammte Augen hinter
der Windschutzscheibe. Nein, ausgeschlossen!
Tobi blinzelte, erstarrte und bemerkte zugleich
Nicoles weißliche Finger fest das Lenkrad um-
klammern.

Der Motor heulte auf. Seine Schöne und sein SUV schossen los. *Oooh shit!!* Was hatte die Zwergenkönigin im Sinn?!

Ehe ihm nur drei Sekunden zum Analysieren der Lage blieben, wurde Tobias Stahlzwerg — wie zuvor das kleine Tierwesen — lautkrachend und mitnichten geplant in eine andere Welt *katapultiert*.

Tja, immerhin warteten dort schon treuherzigere Damen auf den Ingenieur vom blauen Planeten.

Hades dankt ab

Frankfurt Oder, 1975

Denkt nicht, dass ich euch nicht höre, ihr jungen Leute da am Nachbartisch. Ich höre, wir ihr Unwissenden so unverfroren über Innenpolitik und seine Vertrauensmänner redet, die man allesamt lynchen sollte, wie? Ich bin hier und passe auf! Bedenket eure Worte! Ihr werdet mich erst bei meinem Tod los.

Ihr meint vielleicht, dass ich mit meinem aschgrauen Haarkranz zum alten Eisen gehöre. Ihr täuscht euch. Ich habe das Gefühl, *gefährlicher* zu sein denn je. Wie ich hier zusammen mit meiner scheinbar so schwächlichen Gattin an einem Ecktisch weit hinten im Lokal sitze, ähnle ich schon fast einem verkalkten Greis. Aber Teufel – der Schein trügt. Ich hab Hohn und Spott in euren Blicken gelesen! Ihr Narren – für wen haltet ihr euch?

Ich verfüg nicht mehr über so viel Schlagkraft wie früher, aber ihr begeht einen Fehler, wenn ihr euch keinen Zacken in Acht nehmt. Eure Aggressivität ist reichlich naiv. Keine

Silbe aus euren Schandmäulern ist mir entgangen. Höre noch wie ein Lux! Im Moment versuche ich, eure Namen einzufangen. Das wir mit hoher Wahrscheinlichkeit ein Kinderspiel: redet euch die Kellnerin ja ziemlich vertraulich an. Nein, ich bin beileibe nicht eingerostet, nein, ich nütze doch noch – stehe aufrecht im Dienste der einzig ehrbaren Staatspartei. In eurem Gossenjargon nennt ihr mich einen Verräter. Ihr seid schlicht zu jung, zu dumm, um zuzugeben, dass es andere – weit klügere – Denkweisen als die eurigen gibt.

Ich, Deckname Hades, bin ein Mensch, ja ein achtbares menschliches Wesen. Ich besitze Würde und ihretwegen kämpfe ich. Hades ist stolz, als Spion kleine Unruhestifter von eurem Kaliber daran zu hindern, dem sozialen Frieden in diesem Land zu schaden.
Ich lehne mich zu meiner Frau hinüber. Wir haben während des Essens wenig miteinander gesprochen. Fast 40 Jahre gemeinsamen Lebens haben uns der heiteren Lebensgeister beraubt. Ein Jammer. Ich erkundige mich gähnend, ob ihr wenigstens das Dessert gemundet hat. Erst sagt sie nichts dazu, dann behauptet sie in verächtlichem Ton, dass *alles* zu zuckrig gewesen sei. Knalldoofe Eule! Ich gehe mit ihr nur noch in zweitklassige Restaurants. Die noblen behalte ich meiner wilden Geliebten aus Quebec vor, die leider bloß noch in meiner lüsternen Fantasie existiert.
Mich schaudert. Ich habe Bammel vor der Bosheit, die ich in ihrem blasierten Blick flackern sehe. Ist Hades mit den

Jahren etwa sensibel geworden? Gar mimosenhaft?? Ein Windhauch wirft mich um. Und ich Esel wollte ihr einen Gefallen tun, als ich sie in dieses Restaurant führte, zumal es doch summa summarum ganz ordentlich ist.

Die jungen Idioten, vier sind es, haben bald jedes Mal, wenn sie zu uns rüber geschaut haben, geflüstert und gefeixt. Sehen wir Alten denn so zum Lachen aus? Verdammt, das liegt an Gisela. Sie tut sich schwer mit dem natürlichen Alterungsprozess. Ich jedoch weiß mich immerhin zu bewegen, ich verkehre mit bis ins Mark hinein überzeugten Kommunisten – ich, Hades!, bin nicht so armselig wie dieses biedere Frauenzimmer, das ich schon Jahrzehnte mit mir herumschleppe! Früher habe ich diese Weibsperson besser ertragen. Vielleicht wegen der zahlreichen Aufklärungsreisen, die ich im Dienste meiner Regierung unternommen habe, und die mich bis nach Südafrika und Ceylon führten. Wochenlange Abwesenheit von den vertrauten DDR-Gefilden; unerreichbar für die biestigen Launen eines Hausdrachens namens Gisela. Ohne Zweifel war sie damals eine Schönheit, eine *übernatürliche* Erscheinung, welche einem zu jeder Tages- wie Nachtzeit die Sinne betörte. Und der Stolz ließ ihren formschönen Busen noch etwas höher stehen. Damals...

Nun, da ich unleugbar alt geworden bin, in wenigen Monaten meine Pension antrete, und ihr flachfleischiges Gesäß schon lange keinem Schwanz mehr imponiert, jetzt bleiben mir keine Ausflüchte mehr. Sitze ich nun in einem Verlies fest, das meine eigenen Hände aus dem Mauerwerk geschlagen haben? Ich fühle, wie der Boden unter meinen Füßen nachgibt. Verdammt, wo ist der Pfad aus dieser Hölle? Mir bleiben noch ein paar magere Jährchen, ehe der Hammer fällt. Vielleicht, hoffentlich!

Doch ohne sie, ihr respektlosen Rotznasen, würde ich mutterseelenallein dastehen, würde ich auf der Stelle den Onkel Doktor brauchen. Versetzt euch für drei Sekunden in Hades' Lage. Horribel, nicht? Mein Weib ist aus einem Guss, kennt nicht den geringsten Zweifel; sie würde euch Parasiten alle um ihrer bourgeoisen Ruhe willen opfern.

Aber ich Dämel werde trotz allem von Gewissensbissen geplagt. Ich hab nur ungefähr die Hälfte der Schuldigen denunziert, die ich unsren Behörden hätte ausliefern können. Wie verdorben ihr sein müsst, dass ihr vor meinem Auge keine Gnade findet! Und was hab ich zu gewinnen, wenn ich eure feigen Ärsche der *Macht* ausliefere, nun, da mir Honeckers Laufburschen zu verstehen gegeben haben, dass meine Waffen unwiederbringlich stumpf geworden sind?

Ich zweifle mehr und mehr an dem Kampf, dem ich mich vor langer Zeit so begeistert angeschlossen habe. Trotzdem: ihr jungen Volksvergifter werdet dem Bannstrahl der Macht unsrer SED nicht entgehen. Ich kenne euch lange genug – wehret den Anfängen! Wusste doch schon Ovid. Eure Brut muss im Keim erstickt werden. Ihr seid bloß Feind meiner illusorischen Freiheit!

Weshalb ich euch so sehr hasse? Weil ihr mich an eine Jugend erinnert, die ich nicht zu nutzen verstand; an einem kollektiven Überschwang, an dem ich nicht teilzuhaben imstande war. Negativ, negativ, negativ! Mir war alles verweigert... Schaut her, was das Schicksal mir beschert hat: ein Weib, welches ich nur mit halbem Herzen geliebt habe und das wachsenden Abscheu für mich empfindet! Dabei hat sie auch mal etwas Zuneigung für mich verspürt, sie liebte meine Erfolge innerhalb der Partei, sie schätzte meinen Bekanntenkreis. Ne, ne... in Wirklichkeit eine ehrlose Hexe, hinter deren Rouge sich kapitalistisch viel Knausrigkeit verbirgt. Habt ihr bemerkt, wie sie sich beim Abendessen benommen und wie sie die Kellnerinnen behandelt hat? Ne, nicht eine Spur von Großzügigkeit besitzt diese Schreckschraube...

Bei Gott, ich werde meine fünftrangigen Ermittlungen fortführen. Und sobald ihr das Restaurant verlassen habt, will ich persönlich zur Führung sputen. Der soll seinen Hintern aus seiner heiligen Jagdhütte bewegen und die Sache selbst "bereinigen". Ist das Leben denn nicht mehr als Wildscheinbraten vertilgen?

Das Münztelefon befindet sich gleich neben den Herrentoiletten. Erst mal anrufen. Aber dann! Dann kann Honilein, der große-große Generalsekretär, regimeergebene Bestien auf eure Fährte setzen. Hui, so blutrünstig wie Vampire!

Wer gibt euch das Recht so leicht und revolutionär durchs Leben zu tänzeln? Während ich, hab's schon angedeutet, spüre wie mir die Knie beim Sonntagsspaziergang zittern.

Arrggghhh, nein, Hilfe! Es reißt ein mörderischer Schmerz an meinem Herzen, Hilfe, nein!! Das Blut drängt wie ein Sturzbach durch meine Adern. Ich muss Gisela bitten, den Notarzt zu rufen. Ausgerechnet sie muss ich bitten...

Hades – IHRE letzte Stunde hat geschlagen!

makaber, makaber

Anfang des 21. Jahrhunderts
Hamburg-Bahrenfeld

Vivendi dachte an nichts Böses, als ihn der Chef-redakteur zu sich ins Büro zitierte. Der glatzköpfige Profitexter saß mit der Würde eines Ministers hinter seinem Schreibtisch. Was war geschehen? Vivendi erwartete ein kollegiales Lächeln, empfing jedoch einen eiszapfenkalten Blick. Und das im Frühsommer.

»Setzen Sie sich. Wir vier haben was zu besprechen.«

Es waren noch ein Mann und dessen Gattin anwesend. Der *fremde Herr* trat von einem Bein aufs andere. Seine korpulente Madam saß bereits und umklammerte mit beiden Händen den Henkel ihrer Handtasche aus Krokodilleder. Sie trug einen altmodischen Rock, darüber eine lehmgelbe Bluse mit Blumenmuster.

Der Herr hatte eine untersetzte Baumfällerstatur und einen mustergültigen Bierbauch, der den Kampf mit den Hemdknöpfen wohl in naher Zukunft schon für sich entscheiden würde. Sein Gesicht zeigte auffällige Besenreißer, welche die Huld zum Weingeist verrieten. Das betagte Gespann musste schon etliche Jahre im Rentenalter sein.

»Ich möchte eigentlich kein Theater veranstalten«, begann er vorsichtig. »Aber wir dachten, Sie sollten so etwas wissen.« Er blickte abwartend seine Gattin an.

»Haben Sie völlig richtig gedacht«, affirmierte der Chefredakteur. »Nun, das ist der ehrenwerte Herr Rebakam«, spach er in meine Richtung.

»Herr Rudolf Rebakam, ein waschechter Hamburger. Kommt Ihnen der Name bekannt vor?«

»Hm, nur vage.«

»Vielleicht ein Tipp gefällig?«

»Ja, bitte.«

»Dieser Herr ist *nicht* tot.«

»Ähm, tja«, murmelte Vivendi. »Dann… ja, verstehe.«

»Achtung, langsam, besser noch ein paar Hinweise«, sagte der Chef mit alarmierend viel Sorgfalt in der Stimme, worauf er aus der Morgenausgabe Vivendis Nachruf auf Herrn Rudolf Rebakam vorlas.

Vivendi hatte am Vortag über ein Dutzend ähnlicher Nachrufe geschrieben. Er konnte sich an den hier wirklich nicht mehr genau erinnern. Allerdings wusste er noch, dass der alte Rudolf volle 40 Lenze bei der Freiwilligen Feuerwehr in Wandsbek Mitglied war. Sehr löblich!

Herr Rebakam lauschte seinem Nachruf und nickte bisweilen selbstzufrieden. Aus Gewohnheit zog er die feisten Schultern hoch und reckte den Hals wie eine Schildkröte vor. Seine Augen waren sanft, jedoch heute auffallend ruhelos. Bei abgewandtem Gesicht schoss er skeptische Blicke in alle Himmelsrichtungen.

Als die missgelaunte Schreiberseele von Chefredakteur durch war, öffnete Ruheständler Rebakam den Mund zu einem Lachen.

»Prima! Es stimmt alles. Jede Zeile! Muss man euch Kopfarbeitern schon lassen.«

»Moment, bis auf eine *Kleinigkeit*.« Seine Gattin funkelte Vivendi grimmig an.

»Okay, ich muss mich bei Ihnen entschuldigen«, wandte sich der Aushilfsjournalist an den Betroffenen. »Da hat mir wohl jemand 'nen üblen Streich gespielt, nicht wahr?«

»Schwamm drüber!«, meinte Rebakam. Er rieb sich die Hände, als hätten drei Politiker gerade einen äußerst vorteilhaften Vertrag unterzeichnet.

»Entbehrt es nicht einer gewissen Ironie, Liebling? Wie hieß das beim genialen Twain? Die Nachricht von meinem Tod ist – «

»Also, Vivendi, wie konnte solch ein Lapsus durchflattern?«, fragte der Zeitungschef mit pedantisch ernster Miene.

»Ist mir auch ein Rätsel.«

»Mehr fällt Ihnen dazu nicht ein?«, ätze die Alte. Diese Ziege wurde Vivendi mit jeder Minute unsympathischer.

»Mein Gänseblümchen ist etwas aufgebracht«, sagte Gatte Rebakam.

»Dafür haben wir durchaus Verständnis«, rang sich der Chef ein Lächeln ab und wirkte dabei wie ein übermotivierter Priester. »Nun, Vivendi, wer hat denn die Anzeige aufgegeben?«

»Ähm, ich nehme an, der Lehrbursche aus der Bergedorfer Leichenhalle. Ist ja per E-Mail reingekommen.«

»Haben Sie zurückgerufen?«

»Nein, leider nicht.«

»Bei den Angehörigen nachgefragt?«

»Bei uns ganz bestimmt nicht«, betonte Frau Rebakam.

Vivendi schwieg, was als Nein gewertet wurde. Sogleich schlüpfte sein Vorgesetzter in die Rolle des altklugen Schulmeisters:

»Was tun wir Berufsautoren, bevor wir einen Nachruf freigeben?«

»Wir lassen uns den Todesfall schnellstmöglich von der Leichenhalle sowie der Familie bestätigen. Unkompliziert, formell per Mail.«

»Was Sie Schlauberger nicht gemacht haben. Apropos, noch besser: telefonisch.«

?telefonisch? Das wurde vielleicht im letzten Jahrhundert so gehandhabt. Vivendi räusperte sich.

»Nein, Chef, leider hab ich das versäumt.«

»Versäumt? Weshalb das?«

Vivendi zuckte die Schultern und setzte eine zerknirschte Miene auf. Er hatte keine glaubhafte Antwort parat. Um ehrlich zu sein, hatte er diese Vorschrift noch keine fünfmal befolgt. Starben seine Zeitgenossen nicht wie die Fliegen? – und wie! Er begriff nicht, welchen Sinn es haben sollte, die ohnehin hypersensiblen Trauerfamilien zu behelligen oder bei jeder einzelnen Todesnachricht via PC rückzufragen, um auch ja 200 Prozent sicherzugehen. Diesen albernen Vorschriftenkram hielt Vivendi für pure Zeitverschwendung. Er sah es für ausgeschlossen an, dass jemand aus lauter Jux und Tollerei Todesanzeigen erfand; oder aus schierer Langeweile Bestattungsunternehmen spielte. Doch jetzt wurde ihm klar, wie naiv er in diesem Punkt war und dass sein Horizont die verschiedenen Grade menschlicher Perversion kaum abdeckte. Zumindest in letzter Zeit.

Da Vivendi als Quereinsteiger noch immer auf der untersten Sprosse stand, schrieb er ausschließlich für die Lokalredaktion. Gratulationen, Stellenanzeigen und eben(!) Nachrufe – dies war sein täglich Brot.
Doch an manchen Tagen hatte er das Gefühl, nichts als staubtrockene Nachrufe zu tippen. Schicht für Schicht. Dementsprechend hatte er x-mal häufiger mit dem Pseudo-Tabuthema Tod zu tun als seine verwöhnte Kollegschaft. Einerseits erwuchs daraus die mal mehr, mal weniger sonderbar-amüsante Ahnung, einem unaussprechlichen Geheimnis auf die

Spur gekommen zu sein, von dem weit und breit nur er allein wusste. Andrerseits piesackten ihn des Abends deprimierende Gedanken über das zweckvolle Management von Fanatismus, Passion sowie Broterwerb. Innerhalb eines Menschenlebens, natürlich. Betrieb er also – stocknüchtern resümiert – nicht Raubbau?

Vivendi hätte stande pede kündigen sollen, aber er hatte keine Lust auf seine ehemaligen Jobs. Er war schon Postbote, Telefonist, Tierpfleger, Kellner, Fahrradkurier und Nachtwächter in Fabriken gewesen, hatte zig mies bezahlte Stellen angenommen, solange sie ihm tagsüber mindestens drei ruhige Stündchen zum Fabulieren ließen. Über vier Jahre hatte er dieses zermürbende Spiel mitgemacht – und was konnte er nun vorweisen? Ein halbes Dutzend Schauergeschichten in Literaturzeitschriften, die kein Mensch las, ihn selbst eingeschlossen. Er war ein Jünger EA Poes, Hawthornes, Sterlings, Bradburys, Kings obenan; und auch – wohlgemerkt sein Superlandsmann – Wolfe Hohlbein zollte er offen Respekt.

Vivendi hatte viel für das Literaten-Dasein aufgegeben, und es hatte ihm bis zur Stunde kein Jota zurückgegeben – weder Anerkennung/Ruhm noch ein

Schweizer Bankkonto oder die unverbrüchliche Nähe zum schönen Geschlecht. Vielleicht konnte ihn sein jetziger Job bei der Journaille weiterbringen? Deshalb durfte er ihn keinesfalls verlieren. Eines Tages würde er schon zum Kulturressort überwechseln, weitaus mehr Asche verdienen, seine eigene "Horror-Show" promoten können und schließlich den sozialen Aufstieg schaffen.

Vivendi hoffte, sein Boss würde ihn runterputzen und danach wieder von der Leine lassen, aber der hatte sich offenbar auf Vivendi eingeschossen. Deutlich wollte er vor den Augen der älteren Generation ein Exempel statuieren, nach dem Motto: *Sehn Sie her! Ich, ein echter Zeitungsmacher, nehme meine Profession ernst. Ja, solche Leute gibt es noch!*
Letztlich musste Vivendi kleinlaut zugeben, dass er am Vortag überhaupt keine Bestätigung eingeholt hatte und dass er diese Tour schon…

Plötzlich wusste der Chef mit seiner spießigen Standpauke nicht weiter. Hatte dieser Prinzipienreiter denn mehr gehört als ihm recht war?
Er saß sekundenlang da, starrte seine IBM-Tastatur an, ehe er sagte: »Nur um das noch mal klarzustel-

len: Wie lange druckt die Zeitung schon unbestätigte Nachrufe?«

»So ungefähr drei Wochen«, gab Vivendi der Wahrheit abermals die Ehre.

Der glatzköpfige Chef beugte sich über seinen Schreibtisch. Er schüttelte voll Intoleranz den Kopf.

»Wenn Sie noch einen Fehler machen – dann fliegen Sie in hohem Bogen raus! Ohne Empfehlung, kapiert?« Er schien von seinem eigenen Zorn überrascht, nahm die Drohung aber mitnichten zurück. Vivendi wurde etwas bleich im Gesicht, und Herr Rebakam sah zwischen *Cäsar* und dem herb wie derb gemaßregelten *Gladiator* hin- und her.

»Meine Herrschaften«, hob er die Stimme zur Güte. »Wir wollen doch aus einer Mücke keinen... ähm, ähm. Jeder schießt mal einen Bock. Und deswegen muss man doch nicht gleich mit Kündigung drohen.«

»Nein, Bärchen, müsste man nicht«, sagte Frau Rebakam, »wenn einer gewissenhaft die Vorschriften befolgt hätte.«

Gegen derlei Worte, selbst aus dem Mund einer doofen Ziege, war wenig einzuwenden.

Nach dieser hammerharten Zigarre vom Chef höchstselbst, brauchte Vivendi erst mal Pause und einen vitalisierenden Espresso. Das Café Roma lag gleich um die Ecke.

Als Vivendi das Gebäude verließ, wartete der Ruheständler dicht neben einer Litfaßsäule und behielt das Hauptportal im Auge. Seine Beißzange von Gattin war nirgends zu sehen.

Er schritt rasch auf Vivendi zu, hob die Hände und sagte: »Unfassbar Ihr Vorgesetzter, nicht? Macht einen sprachlos. Glauben Sie mir: so eine widrige Nummer hatte ich nicht beabsichtigt.«

»Halb so wild«, sagte Vivendi.

»Es war nicht mal mein Vorschlag herzukommen, falls Sie's genau wissen wollen. Ein kurzes Telefonat hätt's doch auch getan…«

»Ach, vergessen Sie die Sache. Ich Schlamper bin doch selbst schuld.« Vivendi steckte sich ungeduldig eine Camel an. »Noch einen guten Tag, Herr –«

»Moment, passen Sie auf«, sagte der rüstige Rentner und berührte den Autor am Ärmel seiner Motorradjacke. »Ich möchte Ihnen noch einen Kaffee ausgeben. Das ist doch wohl das Mindeste.«

Vivendi zog unschlüssig an seiner Zigarette.

»Meine Madam ist noch zur Friseurin gegangen«, sagte er. »Nun, wie steht's mit einer Erfrischung?«

Die aufmerksame Leserschaft ahnt es schon: Des Unglücksraben Begeisterung für 'nen Plausch mit einem verstockten Kauz hielt sich sehr in Grenzen. Aber er wollte auch seinen jüngsten Schlamassel wieder ausbügeln – so nahm er freundlich an. Außerdem war es ja möglich, dass der Alte am Ende des Tages zur Charakterstudie diente.

Vivendi schlug sein ursprüngliches Pausenziel vor und Herr Rebakam äußerte keinerlei Einwände.

Wie auf Samtpfoten brachte der Kellner die Getränke an den Tisch. Es waren nur wenige Gäste in dem lauschigen Lokal.

Herr Rebakam hatte sich in letzter Sekunde für ein kühles Blondes entschieden. Die Schaumkrone sah aus wie von Liebermann hingepinselt. Für Rebakam ein ergötzender Anblick.

»Also«, begann Vivendi, »was glauben Sie, wer mich da auf die Schippe genommen hat?«

Rudolf hielt den Kopf gesenkt und sah unter den Brauen hervor. »Tja, da sind wir wohl beide überfragt. Mir ist's auch schleierhaft.«

»Hm, irgendwelche Vermutungen müssen Sie doch haben.«

»Nö, keinen Schimmer.«

»Vielleicht ein ehemaliger Arbeitskollege?«

»Nee, niemals.« Er hob das Pilsglas an die Lippen. Seine zerschundenen Hände zeugten von jahrzehntelanger Schufterei.

»Es muss jemand sein, der Sie schon etliche Jahre kennt. Sie haben sicherlich noch Kameraden, nicht?«

Er nickte. »Ja, liegen Sie richtig.«

»Haben Sie sich mit einem gestritten? Heftig in die Wolle gekriegt?«

Er wandte den Blick zur breiten Glasfront des Cafés. »Ich halte die verschickte E-Mail eher für einen Witz.«

»Wie, bitte? Ist es nicht ein schimmelschlechter Scherz, ohne Befugnis eine Todesanzeige in die Welt zu setzen? An Ihrer Stelle käme ich mir zweifellos bedroht vor.«

Der Alte kratze sich grüblerisch am Kinn. »Hm, von der Seite hab ich das noch nicht betrachtet. Sie könnten recht haben.«

Vivendi bemerkte, dass sein Gegenüber ihm keine Silbe abkaufte. Des Rentners Todesurteil war verkündet worden, und von heute an musste er mit diesem Urteilsspruch leben, konnte ihm immer weniger entgegensetzen und würde eines Tages von ihm eingeholt werden. Jemand hatte ein *Killer* auf ihn angesetzt, der mit Worten zu *killen* versteht. So kam es Vivendi jedenfalls vor.

»Und Sie sind sicher, dass es keiner aus Ihrem Freundeskreis war?«, rätselte der Semi-Journalist weiter. »Könnte doch ein nichtiger Anlass gewesen sein. Vielleicht haben Sie am Pokertisch mal diebisch abgesahnt und kratzten dann die Kurve, ehe einer die Chance zum Vergeltungsschlag bekam.«

»Ich spiele nur hin und wieder Schach. Mit meinem blitzgescheiten Teckel Othmar-Kolumbus.«
Vivendi nippte an seinem Espresso. Schaute auf seine Seiko. Wollte nicht aufgeben.

»Ihre Frau? Kommt das Gänseblümchen in Frage? Eventuell schlimme Eheprobleme?«

»Eheprobleme? Bitte, über so einen Zirkus sind wir längst hinaus, junger Freund.«

»Alles Friede, Freude, Eierkuchen?«

Er zuckte mit den Achseln. »Immer der gleiche Trott, tagaus, tagein.«

Vivendi bohrte weiter in diese Richtung.

»Nehmen wir mal an, Ihre Liebste ist fuchsteufelswild auf Sie und will Ihnen einen Schuss vor den Bug verpassen – aber auf die ausgefallene Tour.«

Herr Rebakam verkniff sich ein Lachen.

»Quatsch mit Soße. Mein Gänseblümchen – nie im Leben.«

Rebakam sagte das ohne den geringsten Beigeschmack von Groll. Er wollte den Autor von nichts überzeugen, wahrscheinlich lag er auch damit richtig.

»Sie hinterlassen einen Sohn, der es bis zur Anwaltskanzlei gebracht hat, korrekt? Wie heißt der Fleißige noch gleich?«

»Harald«, sagte er mit stolzem Unterton.

»Korrekt, Harald. Ähm, meinen Sie, der gestandene Jurist könnte vielleicht auf seine Art Rache genommen…«

»Rache? Wir stritten uns zuletzt, als er sich als Jugendlicher eine sündteuere Renn-Yamaha anschaffen wollte. Nee, er war's nicht, da würd ich mein letztes Hemd verwetten.«

Vivendi kniff für eine enttäuschte Sekunde die Lippen zusammen.

»Du großer Gott der Narren. Irgendwer muss es doch gewesen sein.«

Vivendi nahm einen Schluck vom stillen Wasser und blickte hinaus auf die Straße: Eine Nonnen-Corona wartete an der Fußgängerampel. Jede der Schwestern schien über die 70 hinaus zu sein. Kein Grund für den zerlumpten Pfandflaschensammler eine frivole Verbeugung zu unterlassen, als er ihre geweihte Aura beim Vorübergehen streifte.

Til Schweiger kam des Öfteren hierher. Sein Bodyguard wachte draußen im gepanzerten Elektro^A7, während er in einer Nische bei Milchshake und Kekse für ein Stündchen am Notebook seinen Terminkalender aktualisierte. Unser Vivendi berichtete dem Rentner von Tils gelegentlichen Besuchen im Café Roma.

»Vom '90 abgerufenen Pädagogen und SPD-Mann Schweiger der Sohn? Nein, oder?«

»Ne, ne. Ich rede vom Schauspieler. Auch Regiemann, Produzent. Damals fulminanter Karrierestart in den 90er Jahren, gehört heute zu den erfolgreichsten im Filmgeschäft.«

»Ach so! Klar, über den schreibt die Regenbogenpresse häufig. Meine Madam weiß da gut Bescheid.«

Vivendi checkte die Zeiger seiner Seiko; genug Pause gehabt.

»Okay«, sagte er und griff zum Wasserglas. »Raus mit der Sprache. Welcher Verrückte wünscht sich Ihren Tod?«

»Was? Niemand wünscht sich meinen Tod.«

»Jemand da draußen malt sich Ihr Ableben aus. Denkt skrupellos wie ein Mafiaboss darüber nach. Ist der düstere Wunsch nicht oft der Vater des Verbrechens?«

»Nö, nö. Kein Verrückter, kein Wunsch. Ihr Problem ist, dass Sie glauben, alles müsste gleich etwas bedeuten.«

Gut, okay, dies gehörte unleugbar zu Vivendis "Problemen".

»Ich frage aus purer Neugier«, sagte er, »was halten Sie denn davon?«

»Hä? Wovon?«

»Meinem Nachruf natürlich.«

Der Rentner beugte sich vor, griff nach Zuckerstreuer und Milchkännchen, spielte mit ihnen, schob sie auf dem Tisch herum wie Bauern auf dem Schachbrett.

»Ich meine, haben Sie ein Gefühl dafür bekommen, wer ich war? Was für ein Mensch?«

Vivendi schüttelte ohne innezuhalten den Kopf.

»Nichts Besonderes? Herausragendes?«

Der Horrorautor verneinte leichtfertig.

»Hm, verstehe. Was ist denn erforderlich, damit Sie sich an eine Person erinnern?«

»Hören Sie«, sagte Vivendi, »wenn man Tag für Tag zig Nachrufe runtertippt, dann verschwimmen die Inhalte ein bisschen.«

»Logisch, aber an manche müssen Sie sich doch erinnern.«

»Ja, an manche schon.«

»Welche? Das interessiert mich brennend.«

»Hm, meine Lieblingskleckser. Große Staatsmänner, Sportler, brillante Filmemacher; Oscar-Gewinner und so weiter.«

Er legte missbilligend die Stirn in Falten.

»Mit anderen Worten Berühmtheiten, richtig?«

»Tja, wäre das ein Frevel?«

»Man kann ein gutes Leben führen, ohne eine prominente Person zu sein«, postulierte er. »Leute mit großen Namen sind nicht unbedingt großartige Menschen.«

»Is was dran«, gestand Vivendi, »aber das ist eine Wahrheit kleiner Menschen.«

»Ach, ja? Und wofür halten Sie sich?«

Statt zu antworten trank Vivendi sein Wasser – mit gemessenem Understatement.

»Wenn Sie Schmierfink nur von großen Namen zu beeindrucken sind, müssen Sie noch 'ne wesentliche Lebenslektion lernen. So seh ich das jedenfalls.« Er beäugte Vivendi griesgrämig und umklammerte Zuckerstreuer und Zahnstocherdöschen wie ein MG-Schütze vor dem Befehl zum Feuer.

»Langsam, ich lass mich ja nicht nur *davon* beeindrucken.«

»Wirklich nicht? *Wovon* denn sonst noch?« Vivendi ließ diese welten-trennende Gretchenfrage kurz im Raum stehen.

»Von moralischer Größe«, entgegnete er schließlich.

Der Pensionär wiederholte die Worte. Es klang hochgestochen wie beim jungen Schiller.

»Sie wissen, wie ich das meine.« Zu Vivendis Erleichterung ging der Alte nicht näher auf die Moralsülze ein. Stattdessen redete er so daher: »Glauben Sie "Spukgeschichtenerzähler", Sie würden sich an Ihren eigenen Nachruf erinnern?«

»In absehbarer Zukunft als Erfolgsautor – mit Sicherheit.«

»Und kommendes Wochenende, na?«

Hier musste Vivendi wohl oder übel schweigen, was der andere dazu nutzte, ihm eine mit der Sarkasmus-Keule überzubraten.

»Ein Narzissmus-Patient? Zu selbstverliebt, was? Pah! Als ob es da 'nen Zweifel gäbe!«

»Okay, dann eben definitiv nicht.«

Seine Züge wurden wieder etwas freundlicher.

»Wenn man genau hinschaut, haben vermutlich auch Sie vortreffliche Eigenschaften. Hat die nicht jede Seele? Worauf ist der Literat denn stolz?«

»Ich bin Überlebenskünstler«, brauchte Vivendi keine Sekunde zu überlegen. Doch ihm war klar, dass dies in einem Nachruf kaum gehaltvoll klang.

Herr Rebakam hingegen sagte: »Ich bin auf meine Loyalität stolz. Loyalität spielt in meinem Leben eine zentrale Rolle. Wenn Sie Ihre Augen richtig auf-gemacht hätten, wäre Ihnen das nicht entgangen. Wenn Sie lesen, dass ein Mann volle 40 Jahre für das Gemeinwohl – Stichwort Feuerwacht – Dienst getan hat, dass er über 50 Jahre dieselbe Frau verehrt hat, über 30 Jahre einen und denselben Beruf ausübte, bei Gott, das sollte Ihnen doch etwas sagen. Das muss einem doch ein gewisses Bild vermitteln.« Er hielt inne und bekräftigte nickend seine Worte. »Und manchmal war das *alles* kein Kinderspiel.«

»Kinderspiel…« Vivendi musste lachen, hauptsächlich weil es ihm erst jetzt wie Schuppen von den Augen fiel. »Sie waren es. Sie waren es selbst!«

»Wie? Ich hab was getan?«

»Rebakam – Sie haben den Nachruf in Auftrag gegeben. Das erklärt auch die seltsame E-Mail-Adresse.«

Der Grauhaarige senkte trügerisch den Blick.

»Nö, warum hätte ich?«

»Genau das möchte ich von Ihnen wissen.«

»Würde Rudolf damit nicht zugeben, dass er es war, Dr. Watson?« Rebakam grinste breit, unübersehbar stolz darauf, was für ein toller Hecht er war.

»Himmeldonnerwetter!! Sie müssen ja von allen guten Geistern verlassen sein.« Vivendi meinte es nicht so höhnisch wie es klang.

Des Alten Beweggründe entsprachen sicherlich nicht den üblichen Moralvorstellungen im Hamburger Lande, doch in Horrorautor Vivendi – dessen Neigung zur Absonderlichkeit könnte dies begründen – riefen sie leise Bewunderung hervor. Das Schlitzohr hatte sich eine Methode ausgedacht, um an seiner eigenen Beerdigung teilzunehmen. Er hatte sich gleichsam eingesalbt, sein letztes Hemd angelegt und aufgebahrt gesehen und obendrein seiner Gedenkrede gelauscht. Und was das Allercoolste war: danach war er auferstanden.

Darum drehte sich der Schabernack, auch wenn er sich einredete, er hätte bloß seinem Gänseblümchen einen Schreck einjagen oder seine Tugenden auf dem Präsentierteller sehen wollen. Die Show drehte sich um Auferstehung, und hierzu hatte dieser Durchschnittspensionist eine beispiellose Vorstellung. War das nicht geradezu biblisch?

»Es ist zum himmelhochen Feuerwerken, Herr Rebakam. Ihre extra-extravagante Show ist der Brüller! Wollen Sie mir vielleicht die Adresse Ihres Apothekers nennen? Solche Drogen –«

Der Alte schnitt ihm bärbeißig das Wort ab: »Wir sitzen nicht hier, um uns gegenseitig zu beleidigen.«

»Aber um uns gegenseitig zu veräppeln, wie? Bleiben Sie cool«, beschwichtigte Vivendi. »Keiner ist sauer auf Sie, und keiner wird einem grauen Wicht namens Rudolf ans Zeug flicken.«

Trotzig rückte er seinen Stuhl zurück und stand auf.

»Ich hab Besseres zu tun, als Ihre Spottattacken abzuwehren.«

Dem Kellner ließ er zehn Flocken – weshalb als offiziell Toter noch kleinlich sein? – aufs Getränketablett segeln und hetzte wie ein Bekloppter Richtung Ausgang.

Vivendi schnappte seine Motorradjacke, folgte ihm auf den Boulevard. Er wollte ihn ein wenig zappeln lassen. Das bisschen Nervenkitzel würde den Opi schon kein zweites Mal *töten*.

Vivendi holte ihn im Handumdrehen ein.

»Verdammt, Mensch, geben Sie einfach zu, dass Sie es waren.«

Rudolf Rebakam wandte sich wortlos ab, er strebte im Eiltempo auf das nächste Parkhaus zu. Was der *Zombie* wohl für einen Pkw fuhr?

»Sie sollen es bloß zugeben«, drängte Vivendi lauter. »Ich nehm's Ihnen nicht mal übel, okay?«

Mit seinem markant schildkrötenhaft vorgereckten Kopf eilte er weiter. Ungeschoren davonkommen – das wollte dieser Leuteblender eindeutig. Vivendi war schon im Joggingtempo, als er Rebakams Flanke erreichte und ihn unter das Vordach eines Hotels zerrte. Rebakams Armmuskeln spannten sich unter

Vivendis Griff und die beiden sahen sich feindselig in die Augen.

»Los, geben Sie es zu. Jetzt gleich!«

Er schüttelte den Kopf.

»Soll ich Ihnen den Kragen umdrehen – oder reden Sie freiwillig?«

»Teufel nochmal, du Schmock! Lass mich los«, sagte er ängstlich.

»Wenn Sie noch heute den Löffel abgeben, dann stimmt Ihr Nachruf plötzlich wieder. Na, wie klingt das?«

Er versuchte sich loszureißen, aber Vivendi ließ keinen Millimeter locker.

»Wäre das nicht die Schlagzeile des Jahres?«

Vivendi spürte, wie Rebakams Widerstand brach, seine Muskulatur kapitulierte.

»Fein, ich gestehe«, hauchte er kaum hörbar. Sonst nichts, keine weitere Geständnisäußerung.

Als Vivendi seinen Berserkergriff löste und die Arme zurücknahm, drehte Rentner Rebakam sich um, zog reuig den Schädel ein und verschmolz mit der mittäglichen Menschenmenge.

Vivendi überquerte in wirren Gedanken die Verkehrsader. Er wählte Abkürzungen über Seitenstraßen. Auf halber Strecke stieß er auf einen Artisten der Pantomimik, der sich neben einem Nabu-Infostand postiert hatte und augenblicklich einen jungen Banker im Nadelstreifenanzug nachahmte. Er traf dessen latente Arroganz und das blasiert vorgereckte Kinn bis aufs I-Tüpfelchen. Die Gruppe aus Klosterfrauen konnte sich ein Leislachen nicht verkneifen. Der verulkte Hardcore-Kapitalist sah sich um und der Pantomime erstarrte.

Vivendi ging lässig auf ihn zu, ließ zwei 50-Cent-Stücke in die Spendenbox springen und hoffte dabei schmunzelnd, er würde nicht seine Erscheinung der Lächerlichkeit preisgeben.

Am nächsten Tag wartete zu Schichtbeginn ein Sixpack Jever auf Vivendis Schreibtischstuhl. Eine vom Chefredakteur signierte Notiz lag bei:

> Was gibt es nur für
> seltsame Menschen!

Ago – ewiger Knecht des eig'nen Traumes

Novelle in VI Kapiteln

I

Als Doktor der Medizin praktizierte ich erst seit acht Wochen in der südlichsten Hafenstadt des Königreiches, da verlangte schon der Bauernhof einer benachbarten Kleinstadt nach meiner Heilkunst. Der dortige Bürgermeister hatte mich gebeten, einen bitterernsten Arbeitsunfall in Augenschein zu nehmen. Unglücklicherweise war ich am Abend zuvor mit meinem Pferd gestürzt. Die nötige Schonung des Reittieres gebot mir also via Postkutsche zu meinem Zielort zu gelangen, und auf diese Weise gedachte ich auch wieder nach Faro zurückkehren zu können. Die rumpelnden Eisenbahnen waren mir alles andere als geheuer.

Nachdem ich mit dem Bürgermeister über die gesundheitliche Konstitution des Bauern hinreichend gesprochen hatte, begab ich mich zu dem bekanntesten Gasthof von Tavira und wartete auf die Kutsche. Bereits nach einer halben Stunde traf sie ein. Ich eilte ins Freie, riss winkend die Arme hoch – doch vergeblich. Die Kutsche war bis zum Bersten überladen. Mir blieb nur die Möglichkeit, einen Einspänner zu mieten, denn ich wollte möglichst bald nach Hause kommen. Der Preis dafür erschien mir jedoch so überteuert, dass ich mich stante pede nach einem anderen Gasthof umsah, um dort ein besseres Geschäft auszuhandeln.

Das Wirtshaus auf welches ich sodann stieß wirkte recht dürftig; das alte Aushängeschild war offenbar seit Jahren nicht mehr gestrichen worden. Zu meinem Glück war hier der Eigner, ein dickbäuchiger Bierbruder namens Quinta auf keinen übermäßigen Gewinn aus. Sobald wir uns auf eine Summe geeinigt hatten, läutete er die Hofglocke, um anspannen zu lassen.

»Ist Baptista noch nicht von seinem Auftrag zurück?«, fragte der Wirt einen Stallburschen, der nach dem Läuten erschienen war.

»Nein, noch nicht.«

»Dann musst du Ago wecken.«

»Ago wecken?«, entfuhr es mir. »Ähm, das klingt ja merkwürdig. Schlafen denn Ihre Stallknechte am helllichten Tage?«

»Unser Ago, ja«, sagte der Wirt und lächelte dabei etwas eigenartig.

»Und träumen tut er auch«, ergänzte der Bursche. »Als ich ihn das erste Mal gehört hab, hat er mir so 'nen Schrecken eingejagt, dass ich's wohl niemals verwinden werde.«

»Ey, kümmer du dich um deine eigenen Angelegenheiten!«, entgegnete der Wirt scharfzüngig. »Du weckst jetzt Agostinho. Der Herr hier wartet auf seine Droschke.«

Das Verhalten des Wirtes und seines Stallburschen verriet zweifelsohne mehr als das, was sie gesagt hatten. Sogleich schöpfte ich Verdacht, durch Gottes Zutun in eine Chose geschickt worden zu sein, die für mich als Medizinmann von besonderem Interesse sein könnte. Ich beschloss, mir den Stallknecht einmal anzusehen.

»Bitte, warten Sie einen Augenblick«, bat ich. »Ich würde den Mann gern einmal näher betrachten, bevor Sie ihn wecken. Wissen Sie, ich bin Doktor, und dieses ominöse Schlafen und Träumen könnte von einer seelischen Krankheit herrühren, nicht? Vielleicht ließe sich herausfinden, wie ihm zu helfen wäre.«

»Sie werden vermutlich nur feststellen, dass bei ihm alle ärztliche Kunst umsonst ist«, entgegnete der Wirt gleichmütig. »Aber ich hab nichts dagegen, wenn Sie den Guten ansehen möchten.«

Dono Quinta ging mit mir über den Hof, führte mich einen kühlen Gang entlang und öffnete eine Stalltür. Anschließend forderte er mich auf hineinzugehen, während er selbst draußen stehen blieb.

Ich sah zwei Boxen vor mir: In der einen kaute ein Pferd seelenruhig seinen Hafer, in der anderen lag ein Mensch auf dem Stroh und schlief.

Ich beugte mich zu ihm hinab und betrachtete ihn aufmerksam. Das Gesicht war ausgemergelt und von Kummer gezeichnet. Die Augenbrauen waren schmerzlich zusammengezogen und der fest verschlossene Mund hing an den Winkeln etwas nach unten. Beim Anblick der hohlen Wangen und des schütteren grauen Haares, wurde mir schnell klar, dass es in des Mannes Vergangenheit schweres Leid gegeben haben musste. Anfangs hörte ich nur seinen stockenden Atem, dann begann er im Schlaf zu reden.

»Aufwachen«, raunte er durch seine zusammengebissenen Zähne. »Aufwachen! Mord!«
Langsam zog er seine hageren Arme nach oben und hielt schaudernd inne. Er drehte sich auf die Seite. Dann glitten seine Arme ruckweise abwärts und er öffnete eine Hand, um nach der Seite zu greifen auf der er nun lag. Es sah aus, als ob der Mann verzweifelt nach einem Halt suchte. Er bewegte auch seine Lippen, und ich beugte mich weiter zu ihm hinab. »Hellgraue Augen«, murmelte er. »Das rechte Augenlid hängt leicht herab, flachsblondes Haar mit einer goldfarbenen Strähne. Aah jaaa Mutter, du hast schlechtweg recht. Helle Arme mit seidenen Härchen; eine schmale Damenhand mit einem rötlichen Schimmer unter den

Nägeln. Ah, das Messer. Immer dieses verfluchte Klappmesser!« – seine Stimme schwoll an – »Erst auf der einen Seite, dann auf der anderen. Du Teufelin! Wo ist dieses Messer?!«

Plötzlich zuckte er im Stroh zusammen, sein Gesicht verzerrte sich und mit einem hysterischen Stöhnen warf er beide Arme in die Höhe. Sie polterten gegen den Boden des Futtertrogs unter dem er lag. Der Knecht erwachte...

Mir blieb gerade noch Zeit aus der Holztür zu schlüpfen und abzusperren, bevor er seine Augen wieder aufschlug.

»Wissen Sie etwas über sein... seine Vergangenheit? Seine Herkunft?«, wandte ich mich zaudernd an den Gasthofbesitzer.

»Ich weiß so ziemlich alles darüber, Senhor«, antwortete er leichthin. »Das ist eine äußerst seltsame Geschichte. Die meisten Leute glauben sie nicht, wollen sie wohl nicht glauben. Man muss diese Trauergestalt doch nur fünf Sekunden ansehen«, ergänzte Quinta und öffnete nochmals die Stalltür. »Arme Seele, ist schon wieder eingeschlafen. So erschöpft ist der Leib von seinen unruhigen Nächten.«

»Sie müssen ihn nicht wecken«, sagte ich mild. »Es eilt ja nicht mit meiner Droschke. Warten wir doch, bis der andere Stallknecht zurück ist. In der Zwischenzeit könnte ich vielleicht speisen und ein Glas Wein dazu trinken, nicht wahr? Es wäre höflich, wenn Sie mir dabei Gesellschaft leisten würden.«

Es dauerte keine Stunde, dann wurde der Wirt über seinem eigenen Wein gesprächig. Er erzählte mir von dem Knecht im Pferdestall, und nach und nach erfuhr ich die Geschichte um einen Unglückssraben wie ihn die Welt selten sah...

II

Vor einiger Zeit lebte im Vorort einer bedeutenden Hafenstadt an der Südküste Portugals ein Mann in einfachen Verhältnissen. Er hieß Agostinho Dimenta. Um sich seinen Lebensunterhalt zu sichern, nahm er jede Stelle als Knecht an, die er bekommen konnte. Hin und wieder arbeitete er auch in den Ställen reicher Adelshäuser, aber dieses Glück war ihm nur selten vergönnt. Agostinho war zuverlässig, fleißig und ehrlich. Mit seinem Beruf ging es dennoch nicht voran, schlimmer noch: Er hatte das Pech buchstäblich gepachtet. Gute Gelegenheiten verpasste er stets, ohne dass er selbst Schuld daran gewesen wäre. Und am längsten arbeitete er in der Regel für solche Leute, die seinen Lohn nur mit dreister Willkür rausrückten. So hatte Ago durchaus Schlimmeres zu ertragen, als andere Zeitgenossen unter der der portugiesischen Sonne.

Es gab allerdings etwas Tröstliches in seinem Leben, wenngleich es sich dabei um einen ebenso traurigen wie fragwürdigen Trost handelte. Agostinho hatte nämlich weder Frau noch Kinder, die seine unverdiente Not nebst wachsender Verbitterung noch hätten irgendwie verschlimmern können. Vielleicht lag es an seinem Mangel an Empfindungen, oder an der Furcht einen anderen Menschen in sein Unglück hineinzuziehen. Tatsache jedoch war, dass er in der Mitte seines Lebens angelangt war, ohne geheiratet zu haben. Noch erstaunlicher war, dass er zwischen seinem 18. und seinem 38. Lebensjahr niemals den Eindruck erweckt hatte, ernsthaft verliebt zu sein.

Wenn er keine Anstellung hatte, lebte Agostinho bei seiner verwitweten Mutter. Der Vater wollte einst als Handelspionier die Weltmeere erkunden; doch kehrte er von jenem törichten Unterfangen niemals in seine iberische Heimat zurück. Verglichen mit anderen Frauen ihres Standes, besaß Senhora Dimenta eine überdurchschnittliche Bildung. Sie hatte bessere Zeiten erlebt, doch derlei Erinnerungen sollten für alle Zeiten in ihrem bewundernswerten Gedächtnis ruhen. Mit ihren Schneiderarbeiten verdiente sie gerade genug, um für ihren bescheidenen Lebenswandel aufzukommen. Auch gelang es ihrem Fleiß immer, dem Sohnemann ein anständiges Zuhause zu bieten, falls dieser wieder einmal vor dem Nichts stand.

An einem wolkenverhangenen Herbsttag machte sich Agostinho auf den Weg ins Landesinnere. Sein Ziel war eine Attachén-Finca nahe Loulé, wo die Stelle eines Stallknechts vergeben werden sollte. Zu diesem Zeitpunkt waren es nur noch wenige Tage bis zu seinem 40. Wiegenfest. Senhora Dimenta hatte dem Sohn in liebevoller Manier das Versprechen abgenommen, an dessen Ehrentag rechtzeitig zurück zu sein. Agostinho wollte am Montagmorgen aufbrechen und am Mittwochnachmittag gegen 3 Uhr zum Geburtstagskuchen zurück sein. Ob er nun die erhoffte Anstellung bekäme oder nicht.

Als er die pompöse Finca erreichte, war es schon zu spät am Abend, um sich noch vorzustellen. Er logierte daher in einer Herberge und bot erst am Morgen des nächsten Tages seine Dienste an. Leider waren seine hervorragenden Zeugnisse von keinerlei Nutzen. Und er war den weiten Weg umsonst angetreten: am Tag zuvor hatte ein anderer die Stelle ergattert. Agostinho fand sich schnell mit dieser neuen Enttäuschung ab. Er nahm sie sogar als etwas Selbstverständliches hin, denn er war mit einer langsamen Auffassungsgabe ausgestattet und überdies mit einer gewissen Empfindungslosigkeit. Auf gewohnt höfliche Weise dankte er dem Gutsverwalter für das Gespräch und verabschiedete sich. Ihm war keinerlei Enttäuschung anzumerken.

Bevor er sich auf den Rückweg machen wollte, wurde er beim Marktplatz auf eine jüngst angelegte Landstraße hingewiesen. Er erfuhr, dass diese seine Route erheblich verkürzen könnte. Nach wiederholten Wegangaben brach Agostinho endlich auf und wanderte den ganzen Tag über in Richtung Heimat. Nur zweimal machte er Rast, um Käsebrote aus seinem Tornister zu essen.

Als es dunkel wurde, kam Wind auf und es begann zu regnen. Schlimmer für ihn war jedoch, dass er sich in fremden Gefilden bewegte. Wie weit war er von Faro noch entfernt?

Das erste Haus, in dem er sich erkundigen konnte, war ein einsam gelegener Gasthof an einem Waldesrand. In seiner hilflosen Lage deutete er den bäuerlichen Hort als gottgegeben, gerade um erpresste Weggelder von Buschkleppern zu vermeiden. Agostinho war ohnehin am Ende seiner Kräfte, sehr hungrig und vom Regen durchnässt.

Der Wirt, ein Hüne namens Miguel Cardoso, sah freundlich und ehrlich aus. Und das Scherflein zum Logieren war annehmbar. Agostinho sagte freilich zu, die Nacht unterm sicheren Dach der Herberge zu verbringen. Sein Abendessen bestand aus zwei deftigen Fleischkeulen, mehreren Scheiben selbst gebackenen Brotes und einem Krug Bier. Danach ging er nicht gleich zu Bett, sondern unterhielt sich mit Wirt Cardoso über seine freudlose Lebenslage und das Pech, das ihn schon jahrelang verfolgte. Später tauschte man sein Wissen über die Pferdezucht aus. Zwei junge Pastorensöhne saßen ebenfalls im Schankraum, an einer Eckbank; bisweilen blickten sie von Bierkrügen und Spielkarten auf und gaben fürwitzig ihren Senf zum Fachdisput.

Gegen elf Uhr wurde der Gasthof geschlossen. Agostinho ging mit dem Wirt durch das Haus und trug ihm die Nachtkerze, während dieser die Türen und Fenster im Erdgeschoss verriegelte. Staunend betrachtete der Knecht die schweren Bolzen und Riegel, ebenso die Eisen beschlagenen Fensterläden.

»Wir sind hier sehr abgelegen«, sagte der Wirt. »Bisher hat noch niemand versucht einzubrechen, aber es ist besser man beugt der Gefahr vor. Wenn keine Gäste logieren, so bin ich der einzige Mann unterm Dach. Mein Weib und meine Tochter sind überängstliche Hasenfüße, und mit der Dienstmagd verhält es sich kein Salzkorn anders. Möchten Sie noch etwas Bier, bevor Sie schlafen gehen? Nein? Ich begreife einfach nicht, wie ein so bescheidener Landsmann ohne Stellung sein kann. So, bitte mal da entlang. Sie sind ja unser einziger Gast heute Nacht. Gut, hier werden Sie schlafen. Meine Damen haben ihr Bestes getan, damit Sie wieder zu Kräften kommen. Möchte der

Herr wirklich keinen Schlummertrunk mehr? – Na denn! Geruhsame Nacht!«

Die Standuhr im Flur zeigte 23.20 Uhr, als sie nach oben gingen.

Das Fenster seines Zimmers lag auf der Rückseite des Hauses und zeigte zum Wald hinaus. Agostinho verschloss die Tür, stellte die Kerze auf die Kommode und zog erschöpft seine Kleider aus. Der raue Herbstwind wehte noch immer. Das dumpfe Rauschen klang Furcht erregend und schien keine Nachtruhe zu dulden. Als sich Ago ins Bett legte, entschied er, die Kerze so lange brennen zu lassen bis er schläfrig werden würde. Dem Knecht fielen bald die Augen zu und er schlief ein, ohne nochmals an die Kerzenflamme gedacht zu haben.

Das Erste was er nach dem Einschlafen spürte war ein Zittern, das ihn von Kopf bis Fuß erfasst hatte. Allzu rasch folgte ein stechender Schmerz nahe dem Herzen. Während das Zittern lediglich seinen Schlaf störte, ließ ihn der Schmerz geradezu in die Höhe schnellen. Sofort war er hellwach! Agos Augen waren weit aufgerissen, und wie durch ein Wunder war er wieder bei vollem Verstand.

Die Kerze war beinah heruntergebrannt, aber die Spitze des Dochts war justament abgefallen und so wurde das Gästezimmer für wenige Atemzüge in ein helles Licht getaucht.

Zwischen dem Fußende seines Bettes und der verschlossenen Tür stand eine Gestalt. Es war eine Dame mit einem Messer in der Hand. Sie sah ihn an – der Schrecken raubte Agostinho die Sprache. Sein Verstand war aber weiterhin so klar, dass er die Fremde keine Sekunde lang aus den Augen ließ. Kein Laut kam über ihre Lippen. Jetzt nährte sie sich langsam der linken Bettseite. Seine Augen folgten ihr. Sie war eine feingliedrige Frau mit flachsblondem Haar und hellgrauen Augen. Das rechte Lid hing leicht herab. All das prägte er sich ein, noch bevor sie mit gänzlich ausdruckslosen Gesicht die linke Bettseite erreicht hatte. Ihre Schritte verursachten keinerlei Geräusch. Ohne auch nur ein einziges Wort zu sagen, kam sie näher und näher, blieb stehen – und erhob langsam das Messer.

Schützend legte er den rechten Arm auf seinen Hals. Dann preschte das Messer auf ihn hinab. Er griff nach der rechten Bettkante und warf sich auf eben diese Seite – genau in dem Moment, als das Messer nur wenige Zentimeter neben seiner Schulter in die Matratze hineinstieß. Sein Blick heftete sich auf ihren Arm und die zugehörige Hand, während sie das Messer herauszog: ein heller wohlgeformter Arm, eine schmale Damenhand mit einem rötlichen Schimmer unter den Fingernägeln. Unnatürlich langsam schritt sie zum Fußende des Bettes zurück. Dort blieb sie stehen und sah ihn zwei Atemstöße lang nichtssagend an. Noch immer lautlos ging sie zur rechten Bettseite, wo er jetzt lag. Erneut hob sie das Messer.

Agostinho warf sich auf die linke Seite und sie stach wie zuvor tief in die Matratze hinein! Bewegungslos ließ er seinen Blick von ihr zu dem Messer schweifen. Es glich den großen Klappmessern, die er schon oft bei Hafenarbeitern gesehen hatte, wenn diese ihre Fischfilets zerteilten. Der robuste Griff war aus Hirschhorn gefertigt; die Klinge glänzte unberechenbar. Ein zweites Mal zog die Frauengestalt das Messer aus dem Matratzenstoff. Dann verbarg sie es in dem weiten Ärmel ihres Kleides und blieb am Bett stehen. Sie beobachtete ihn. Ewigliche Sekunden sah er das frauliche Wesen so stehen. Doch als der Docht in den Messinghalter fiel, schrumpfte die Kerzenflamme zu einem bleuen Punkt zusammen und das Zimmer wurde dunkel.

Er blickte weiter angespannt zur rechten Bettseite hinüber, doch die Menina samt Klappmesser war verschwunden. Das Gefühl wieder allein zu sein, befreite ihn von dem Schrecken, der ihm die Zunge gelähmt hatte. Die famose Schärfe seiner Sinne dagegen verließ ihn. Er war bis ins Mark verwirrt, sein Herz schlug rasend schnell. Und zum ersten Mal seit dem *Erscheinen* der Dame, vernahm er wieder das öde Rauschen des Windes.

Ago hatte nicht den geringsten Zweifel daran, dass das, was er gesehen hatte, nicht wahr sein könnte. Gleich sprang Gast Ago aus seinem Bett und schrie laut los: »Mord! Aufwachen! Alle aufwachen! Mordio!!«

Wie von der Tarantel gestochen stürzte der Gast zur Tür. Diese war fest verschlossen. Genau so wie er sie verschlossen hatte, fand er sie auch vor.

Sein Geschrei hatte das ganze Haus in Aufruhr versetzt. Er hörte die verstörten Rufe der Weiber und sah den Wirt den Flur entlangeilen. In der einen Hand eine Laterne, in der anderen eine geladene Schrotflinte.

»Poça! Was ist passiert?!«, rief der Wirt außer Atem.

»Frau – eine Dame mit einem Messer in der Hand«, flüsterte Ago halb versteinert. »In meinem Zimmer! Eine blonde Frau! Sie hat mit einem Messer nach mir gestochen – zweimal!«

Der hünenhafte Wirt erblasste. Im flimmernden Licht seiner Laterne sah er Agostinho unablässig an.

»Wie? Sie muss Senhor Dimenta zweimal verfehlt haben«, sagte er mit Argwohn.

»Ich bin dem Messer ausgewichen«, flüsterte Ago weiter. »Ja, sie traf mein Bett, beide Male!«

Der Wirt sputete in das Gästezimmer. In weniger als einer Minute erschien er wieder auf dem Flur.

Er schäumte vor Wut. »Der Teufel soll Sie und

Ihre Tisiphone mit dem Messer holen! Nicht das kleinste Loch ist im Laken zu sehen! Hat der Knecht heimlich Schnaps gepichelt? Was denkt sich einer bloß dabei, uns fromme Mitmenschen wegen 'nes Traumes dermaßen zu schrecken?«

»Ich werde nicht länger bei Ihnen bleiben«, entgegnete Agostinho matt. »Lieber geh ich bei wüstem Schauerwetter und im Dunkeln nach Haus, ehe ich in diese Kammer zurück muss. Geben Sie mir bitte Ihre Laterne, damit ich meine Kleider holen kann. Was bin ich Ihnen schuldig?«

»Schuldig? Schuldig!«, rief Cardoso, während er zornschnaubend mit dem Licht in das Zimmer voranging. »Es steht unten auf der Tafel, was Sie zahlen müssen. Fogo! Für keinen Goldklumpen der Welt hätte ich Sie reingelassen, wenn ich gewusst hätte, wie Sie andere Leute mit Ihren Träumen und Gespinsten narren! Sehen Sie sich doch das Bett an! Wo ist es zerschnitten?! Und das Fenster? Ist der Riegel etwa zerschlagen? Oder die Tür? Ich hab selbst gehört, wie Sie abgeschlossen haben. Ist diese vielleicht aufgebrochen? Wo nur? Eine Mörderin – in meinem Gasthaus? Meu Deus! Sie sollten sich was schämen!«

Rasch und keine Gegenmeinung äußernd zog Agostinho seine Kleider an, dann hastete er mit dem Wirt ins Erdgeschoss.

»Gleich zehn Minuten nach 3«, sagte Cardoso als sie an der Standuhr vorbeikamen. »Eine treffliche Zeit, um anständige Bürger wie mich zu erschrecken. Valha-me Deus!«

Agostinho bezahlte seine Rechnung, und der Hausherr drängte ihn zur Hintertür hinaus. Als Cardoso die breiten Riegel löste, fragte er mit verächtlichem Bass, ob das Mörderweibsen mit dem Messer vielleicht hier hereingekommen sei. Die Männer trennten sich ohne ein weiteres Wort.

Es regnete nicht mehr. Aber unter dem Himmel war's überall finster, und der Wind tobte stürmischer als bisher. Doch weder die Dunkelheit noch der nächtliche Temperaturabfall beunruhigten Agostinho. Ja, selbst wenn man ihn in die afrikanische Wildnis entlassen hätte, wäre ihm das nach seinem Erlebnis in dem Gasthof wie eine Erlösung erschienen.
Wer war die fremde Frau mit dem Messer? Das Geschöpf eines Traumes? Eine harmlose Nachtmahr? Er konnte es sich einfach nicht erklären. Noch nicht...? Während des zähen Heimweges dachte er wieder und wieder an sein seelensgutes Mütterchen. Würde sie vermöge ihres Wissensschatzes das Geheimnis der letzten Nacht erklären können? Das zumindest hoffte der Knecht und marschierte tapfer weiter.
Die Mutter begrüßte ihn freudig. Doch ein forscher Blick in sein bebartetes Gesicht ließ sie mutmaßen, dass etwas mit ihm nicht stimmte.

»Ich hab die Stelle nicht bekommen. Wahrscheinlich wollte es mein Schicksal wieder einmal so. Außerdem, Mutter, hatte ich einen bösen Traum. Vielleicht hab ich auch ein Gespenst gesehen... letzte Nacht. Was es auch war: es hat mich irrsinnig gemacht vor Angst.«

»Mein Ago, deine Stirn schreckt mich. Du schaust ja aus wie gerädert. Komm herein und erzähle deiner Mutter alles.«

Er war ebenso begierig darauf zu erzählen, wie sie es war, die Geschehnisse zu erfahren. Die Erinnerung an den Albtraum war zur Stunde seiner Ankunft noch sehr lebendig. Je mehr er erzählte, desto blasser wurde ihr Altweibergesicht.

Als er am Ende der nächtlichen Episode angelangt war, drückte sie mitleidig seine Linke und sprach: »Ago, du hattest also diesen horriblen Traum am heutigen Mittwochmorgen. Wie spät war es denn, als du das *Wesen* mit dem Messer gesehen hast?«

»Kein Wesen – ein Fräulein! Eine Senhorita«, beharrte der Sohn. Leicht erinnerte sich Agostinho daran, was der erzürnte Wirt gesagt hatte, als sie vor seinem Aufbruch an der Standuhr vorbeigegangen waren. Er berechnete so genau er konnte die Stunden, die zwischen dem Öffnen seiner Zimmertür und dem Tilgen seiner Rechnung vergangen waren. »Es muss wohl 3 Uhr gewesen sein«, antwortete er. Sein Mütterchen ließ schroff von ihm ab.

»Dieser Mittwoch ist dein Geburtstag«, schlug sie die Hände überm Kopf zusammen. »Und um 3 Uhr wurdest du geboren! Ja, nachtsüber!«

Agostinho konnte den abergläubischen Befürchtungen seiner Mutter nicht immer folgen. Er war erstaunt, als sie einen Füllhalter, Tinte und vergilbtes Briefpapier aus ihrem alten Schreibtisch herauskramte und zu ihm sagte:

»Du hast kein besonders gutes Gedächtnis, Ago. Und jetzt, da ich eine tatterige Greisin bin, ist meines nicht viel besser. Womöglich mag es von Belang sein, ob wir uns in fernen Jahren noch so deutlich an deinen Traum erinnern können wie heute. Deshalb erzähl mir noch einmal in aller Gewissenhaftigkeit, wie das Fräulein mit dem Messer aussah.«

Agostinho gehorchte, wunderte sich aber sehr, als er sah, wie sorgfältig sein Mütterchen alles niederschrieb, was er ihr berichtete. *Hellgraue Augen*, notierte sie. *Mit einem leicht herabhängenden rechten Augenlid; flachsblondes Haar mit einer goldfarbenen Strähne; helle Arme mit seidenen Härchen. Schmale Damenhände mit einem rötlichen Schimmer unter den Nägeln. Zuletzt dies Klappmesser mit Hirschhorngriff.*

Auch den Monat, den Wochentag und die Uhrzeit zu der das Traumwesen ihrem Sohn erschienen war, schrieb Senhora Dimenta auf. Dann schloss sie das Papier beflissentlich weg. Weder an diesem noch irgendeinem anderen Tag, konnte ihr Sohn sie dazu bewegen noch einmal über seinen mysteriösen Traum zu sprechen. Eisern behielt sie ihre Gedanken für sich, auch den Vermerk in ihrem Schreibtisch erwähnte sie nicht mehr. Bald gab Sohn Ago es auf, ihr Schweigen brechen zu wollen. Und allmählich verwischte die Zeit jegliche Impression, die der Traum bei ihm hinterlassen hatte. Als es einige Monate nach seinem schrecklichen Erlebnis im Gasthof zu wesentliche Veränderungen in Agos Leben kam, dachte er überhaupt nicht mehr daran.

Nach unzähligen Jahren der Not und des Malheurs wurde Agostinho Dimenta endlich für seine Perseveranz belohnt: Er bekam eine ausgezeichnete Anstellung im Norden des Landes, unweit der Stadt Braga. Viele Jahre vergingen unter einem ordentlichen Tagewerk. Erst nach dem Hinschied seines Gebieters wurde er neben einem Musterzeugnis auch mit einer ansehnlichen Rente entlassen. Das Geld war ihm zugesprochen worden, weil er der Ehefrau seines Brotgebers bei einem Reitunfall das Leben gerettet hatte.

III

So traf Agostinho Dimenta neun Jahre nach dem Traumerlebnis wieder zu Hause in Faro ein. Ausgestattet mit einer halbjährlichen Summe, die ihm und seiner Mutter bis zum Lebensende Unabhängigkeit bot. Senhora Dimenta, deren Gesundheit sich zunehmend verschlechtert hatte, erholte sich dank Agos Pflegebereitschaft und der geldlich besseren Situation bald soweit, dass sie an seinem Ehrentag gemeinsam mit ihm am Tisch sitzen und speisen konnte.

An jenem Abend bemerkte die Mutter, dass ihr vitales Stärkungsmittel aufgebraucht war. Der Sohn schlug ihr vor zum Apotheker zu gehen, um den Arznei-Flakon wieder auffüllen zu lassen.

Die Abendstunden waren ebenso regnerisch und windig wie damals, als Ago sich verirrt und in dem entlegenen Gasthof um ein Quartier gebeten hatte. Als er die Apotheke betreten wollte, kam just ein ärmlich gekleidetes Fräulein heraus und hastete an ihm vorbei. Mit träger Reaktion sah er der gertenschlanken Gestalt nach.

»Haben Sie dieses Weib gesehen?«, fragte der Gehilfe hinter dem Ladentisch. »Meiner Ansicht nach stimmt was nicht mit ihr. Sie hat um Laudanum gebeten; zur Linderung ihrer Zahnschmerzen. Aber der Apotheker ist für 'ne halbe

Stunde außer Haus, und ich sagte ihr, dass ich in seiner Abwesenheit kein Gift verkaufen dürfe. An Fremde gleich zweimal nicht! Sie lachte auf merkwürdige Art und meinte, sie würde gern später wieder kommen. Sie täuscht sich allerdings, wenn sie glaubt, dass er ihr das Gift verkaufen wird. Unter uns, Senhor: Wenn ich jemals eine Menina gesehen hab, die Selbstmord im Sinn hat – dann sie!«

Diese Worte weckten Agostinhos Neugierde im Handkehrum. Er ließ Mütterchens Arzneifläschchen nachfüllen, bezahlte, packte seinen Hut und wirbelte zur Ladentür hinaus. Die *Fremde* schritt spintisierend auf der gegenüberliegenden Straßenseite auf und ab.

Agostinho ging zu ihr und sprach sie an. Überrascht stellte er fest, dass sein Herz dabei schnell klopfte. Ob sie Kummer habe?, fragte er. Sie deutete auf ihr fransiges Kleid und ihren schmutzigen Hut. Dann stellte sie sich unter eine Gaslaterne und ließ das Licht auf ihr ernstes und dennoch liebreizendes Gesicht fallen.

»Sieht so etwa ein fideles Frauenzimmer aus?«, fragte sie und lachte bitter.

Sie hatte eine so elegante Aussprache, wie Agostinho sie bisher nur bei vornehmen Damen gehört hatte. Selbst ihre kleinsten Bewegungen glichen der angeborenen Anmut einer Adeligen. Ihre Haut war, ungeachtet der von Entbehrungen zeugenden

Blässe, so zart, als ob sie bisher jeden erdenklichen Luxus genossen hatte, den Reichtum bieten kann. Auch die feingliedrigen Hände hatten nichts von ihrem Weiß verloren.

Nach und nach erfuhr er ihre tragische Vergangenheit. Diese muss hier nicht wiedergegeben werden, denn in Polizeiberichten und Zeitungsmeldungen über Selbstmordversuche kann man sie auch ohne Brille finden.

»Übrigens, ich heiße Irina Violante Lisbão«, sagte die Frau, als sie am Ende ihrer Darlegung angelangt war. »Alles, was ich noch besitze, ist eine Handvoll Silberstücke. Mit diesem Geld wollte ich mir beim Apotheker den Zugang zu einer anderen Welt verschaffen. Wie es dort auch sein mag, viel schlimmer kann's nicht kommen. Was sollte mich hier im Diesseits noch halten?«

Beim Zuhören hatte Agostinho großes Mitleid empfunden. Überdies breitete sich ein seltsames Gefühl in ihm aus. Er war verlegen, konnte kaum noch sprechen. Alles, was er auf ihre verzagten Worte erwidern konnte, war, dass er sie davon abhalten würde, sich das Leben zu nehmen, selbst wenn er ihr bis zum Erwachen des neuen Tages folgen müsste. Sein tiefer Ernst schien Irina zu beeindrucken.

»Dieser Umstände bedarf es nicht«, betonte sie nachdem Ago seine Warnung wiederholt hatte. »Dank Ihrer herzlichen Worte habe ich neuen

Lebensmut gewonnen. Mehr Versprechen bedarf es zur Stunde nicht. Kommen Sie morgen um 3 Uhr zum Kloster, dort wird man mich finden – lebend. Und dort werde ich Ihnen weitere Fragen beantworten. Mein Ehrenwort. Und bitte keine Karfunkelsteine...« Sie nickte ihm leislächelnd zu und ging ihres Weges.

Ago folgte ihr nicht, denn er ging nicht davon aus, dass sie ihn täuschen würde. *Es ist sonderbar, dass ich ihr so selbstlos traue, aber ich kann es nicht ändern,* dachte er und machte sich auf den Heimweg.

Beim Betreten des Hauses war er noch so im Bann der Verzückung, dass er gar nicht darauf achtete, was sein Mütterchen tat. Während seiner Abwesenheit hatte sie ihren urtümlichen Schreibtisch geöffnet und das Skriptum hervorgeholt. Nun widmete sie sich den noch immer gut lesbaren Zeilen aus ihrem eigenen Füller. Seit sie damals die frappanten Einzelheiten seines Traumes niedergeschrieben hatte, war es ihr zur Gewohnheit geworden, an jedem Geburtstag ihres Sohnemannes über den Merkzettel nachzudenken.

Am nächsten Tag ging unser Knecht zum Kloster. Es zeigte sich, dass es richtig gewesen war, ihr so vorbehaltlos zu vertrauen. Pünktlich auf die Minute erschien sie. Der letzte schwache Widerstand in Agostinhos Herzen gegen den Zauber, den allein

ein Wort oder ein Blick von ihr in ihm auszulösen begann, schwand für immer.

Wenn ein Mann, der niemals zuvor der Anziehungskraft eines weiblichen Wesens erlegen ist, in der Mitte seines Lebens urplötzlich eine so starke Zuneigung empfindet, ist es sehr unwahrscheinlich, dass er sich von solcherart Leidenschaft befreien könnte. Selbst wenn ihn ein unbestimmtes Gefühl hinter der Brust zur Vorsicht mahnt... Dass sich sein Herz diesem mächtigen Einfluss in einem Alter geöffnet hatte, in dem alle starken Gefühle unweigerlich Wurzeln schlagen, sobald jene einmal von liebestoller Leidenschaft befeuert die Oberhand gewinnen, war sein sicherer Ruin. Die wenigen weiteren Zwiegespräche nach dem ersten Stelldichein nahe dem Kloster genügten, um Agostinhos Verblendung unaufhaltsam zu machen.

Bereits nach einem Monat hatte Agostinho Dimenta Senhorita Irina V. Lisbão zu ihrem alten und festen Selbstvertrauen verholfen. Er hatte zudem aufrichtig versprochen, sie zu heiraten. Irinas neuer Lebenswille bejahte dies mit Schmachtküssen. Dieses Weib ergriff nicht nur Besitz von seinen Gefühlen, sondern auch von seinem Verstand. Alles drehte sich nur noch um sie. Irina lenkte ihn in jeder Hinsicht und gab ihm obendrein vor, wie er seiner Mutter die Nachricht von der bevorstehenden Heirat am schonendsten beibringen könne.

»Wenn du ihr gleich erzählst, wie du mich kennengelernt hast und wer ich bin, wird sie alles tun, um unsere Heirat zu verhindern«, meinte Irina listig. »Sage ihr, ich sei die Halbschwester eines früheren Kameraden. Und bitte sie, mich einmal einzuladen. Überlasse mir das Weitere, Liebster. Sim? Gut, habe Vertrauen. Hörst du?«
Dieses süßliche Zuversichtsgeseire reichte schon aus, um Irinas geplante Täuschung zu rechtfertigen. Ihr Vorschlag nahm ihm seine schlimmste Befürchtung. Und doch wurde sein Glück getrübt durch etwas Geheimnisvolles, das sich allzu häufig bemerkbar machte und für das sein Hirn keinerlei Erklärung *zusammenschustern* konnte. Seltsamerweise empfand er dieses Gefühl nicht, wenn sie lange Tagesstunden getrennt waren, sondern nur wenn sie des Abends vorm Kaminfeuer beisammen saßen.

Menina Lisbão war ja die Liebenswürdigkeit in Person. Niemals ließ sie ihn seine geringe Bildung spüren, und mit einer rührenden Aufmerksamkeit erfreute sie ihn Tag um Tag. Weshalb aber fühlte er sich in ihrer Aura nie gänzlich wohl? *Warum nicht, zum Geier?!* Schon bei ihrer ersten Zusammenkunft hatte sich in Agos Bewunderung ein leiser Zweifel gemischt. Damals hatte er sich gefragt, ob ihm Irinas Gesicht wirklich unbekannt sei. Auch nach der späteren Vertrautheit, wollte die belastende Unsicherheit nicht weichen.

Ganz nach Irinas Wunsch verschwieg Ago seiner Mutter die Wahrheit, als er ihr noch am Tag seiner Verlobung von der bevorstehenden Heirat erzählte. Senhora Dimenta zeigte volles Vertrauen zum reifen Bräutigam und umarmte ihn herzlich. Sie erzählte hocherfreut einer nahen Bekannten, dass ihr Ago nun in der Halbschwester eines früheren Kumpans eine Frau gefunden habe, die ihn lieben und umsorgen werde, wenn sie selbst nicht mehr unter den Lebenden wäre. Sie konnte es kaum erwarten, die Auserwählte ihres Sohnes kennenzulernen. Also wurde für den übernächsten Tag ein Besuch vereinbart.

Es war ein sonniger Morgen, als Senhora Dimenta in ihrem Sonntagskleid auf Filius Ago und ihre zukünftige Schwiegertochter wartete. Glücklich saß sie im Wohnzimmer des kleinen Hauses. Mit flattrigen Händen führte Agostinho seine Verlobte zur arrangierten Stunde in die Wohnstube.

Seine Mutter erhob sich, um die bildhübsche Senhorita zu begrüßen. Lächelnd ging Dona Dimenta ein paar Schritte auf Irina zu und sah ihr traulich in die Augen.

Plötzlich blieb sie stehen. Ihr Gesicht, eben noch gerötet vor Freude, erblasste. Ihre Augen standen starr vor Schreck. Dann fielen ihre ausgestreckten

Hände zur Seite und mit einem leisen Hilfeschrei taumelte sie zurück.

»Ago«, flüsterte sie und umklammerte seinen Arm, als er besorgt fragte, ob ihr etwas fehle. »Mein Ago! Erinnert uns dieses Damengesicht an niemanden?«

Bevor er antworten und sich zu Irina umdrehen konnte, die stumm verdutzt über diesen Empfang noch im Zimmereingang stand, zeigte sie verstört auf ihren Schreibtisch. Geschwind gab die Mutter ihm den Schlüssel.

»Schließ die Schublade auf!«, flüsterte sie atemlos.

»Dona Dimenta! Was hat das zu bedeuten? Warum werde ich so behandelt, als ob ich hier nichts zu suchen hätte?«, rief Irina verägert. »Will deine Mutter mich beleidigen?«

»Schließ auf und gib mir das Papier aus der linken Schublade. Schnell – um Himmels willen!«, drängte Witwe Dimenta ihren Sohn.

Agostinho reichte ihr das Blatt, und seine Mutter überflog es. Dann folgte sie Senhorita Lisbão, die gerade empört die Stuben verlassen wollte, und hielt sie an der Schulter fest. Jäh schob sie den langen Ärmel von Irinas Kreppkleid zurück und starrte auf deren Hand wie Unterarm. Furcht begann sich auf Irinas Miene auszubreiten, als sie sich dem Griff der alten Xanthippe widersetzen wollte.

»Geisteskrank!«, höhnte sie. »Wie verkalkt! Und Agostinho hat mir nichts davon erzählt!«

Mit diesen unziemlichen Worten verließ Irina das Zimmer. Agostinho wollte ihr nacheilen, aber sein Mütterchen versperrte ihm den Weg. Es schmerzte ihn zutiefst, als er den Kummer und das blanke Entsetzen in ihrem Gesicht sah.

»Hellgraue Augen«, sagte sie mit ergriffener Stimme und zeigte zur offenen Tür. »Das rechte Lid hängt leicht herab. Flachsblondes Haar mit güld'ner Strähne. Helle Arme, Damenhände mit einem rötlichen Schimmer unter den Nägeln. Das Weib aus deinem Traum! Ago – die Traumgestalt!«

Der leise nagende Zweifel, von dem er sich in Irinas Gegenwart nie hatte befreien können, klärte sich jetzt auf unheilvollste Weise. Er hatte ihr Antlitz also doch schon gesehen – vor 9 Jahren an seinem Geburtstag, in dem Zimmer des weit abgelegenen Gasthofs.

»Nimm dich in Acht, mein Sohn. O, Ago, nimm dich in Acht! Lass sie gehen und bleibe bei mir!«

Etwas Dunkles tauchte am Wohnstubenfenster auf, als die Mutter das sagte. Ago fröstelte plötzlich und er äugte zum Fenster hin. Irina V. Lisbão war zurückgekommen. Mit flackerndem Blick sah sie zu ihnen herein.

»Ich muss heiraten, Mutter«, sprach er voll Eindringlichkeit. »Ich hab's doch versprochen!« Seine Augen füllten sich mit Tränen, und das errötete

Gesicht hinter dem Fenster glitt weg. Der Kopf seiner Mutter sank tiefer.

»Ist dir nicht gut?«, flüsterte er.

»Mein Herz blutet, Agostinho. Bei Gott! Eine mephistophelische Wiedergängerin gedenkst du zu freien?«

Er beugte sich hinab und küsste ihr die fahle Stirn. In diesem Augenblick nahte der Schatten am Fenster wieder heran, und eine hassverzerrte Damenlarve spähte abermals zu ihnen hinein...

IV

Drei Wochen später waren Agostinho und Irina Mann und Frau. So hartnäckig ein Mann auch sein mag: Bei Agostinho richtete sich aller Eigensinn auf seine fatale Leidenschaft und verankerte sie tief in seinem Herzen. Nach jener ersten Begegnung mit Irina unterm Schieferdach ihres kleinen Hauses, konnte Dona Dimenta nichts mehr dazu bewegen, die Gemahlin ihres Sohnes weiter zu sehen, geschweige denn mit ihr zu sprechen. Mit Irinas wahrer Herkunft hatte das nichts zu tun, darüber bestand zwischen Mutter und Sohn nicht der geringste Zweifel. Es lag einzig und allein an der Furcht erregenden Ähnlichkeit zwischen Agostinhos Ehefrau und dem Wesen aus seinem Traum.

Irina hingegen machte sich keine Sorgen, was das unterkühlte Verhältnis zu ihrer Schwiegermutter anging. Um des lieben Friedens willen hatte Ago nie der Behauptung widersprochen, das Alter und Krankheit den Geist seiner geschätzten Mutter umnachtet hätten. Irina warf ihm sogar vor, er habe diese vermeintliche Verwirrtheit nur deshalb verschwiegen, weil er behufs der Hochzeit jedwedem Ehe-Hader habe vorbeugen wollen. Dass seiner Verblendung nun auch noch seine Ehrlichkeit zum Opfer fiel, führte bei Agostinho zu keinen Gewissensbissen mehr. Dafür war er viel zu tief in die Fänge seiner Leidenschaft geraten. Die Zeit des bösen Erwachens war jedoch nicht mehr fern...

Nach einigen ruhigen Ehemonaten ging der Sommer zur Neige. Agostinhos Geburtstag nahte. Da fiel ihm so manche Veränderung ihm Verhalten seiner Frau auf: sie wurde zänkisch, lustfeindlich, bisweilen gar respektlos. Und trotz seiner Einwände schloss sie höchst fragwürdige Bekanntschaften. Noch schlimmer war allerdings, dass Irina sich angewöhnte, nach jeder Meinungsverschiedenheit zu einem gewissen Betäubungsmittel zu greifen – dem Weingeist.
Irina Dimenta spazierte nicht selten mit Trunkenbolden unten am Kai entlang, wie Agostinho bald herausfand. Nur wenig später musste er sich eingestehen, dass sie selbst schon in ungesundem

Maße dem Schnaps zugeneigt war. Konnte er seinen Ehebund noch retten?

Jedes Mal, wenn er seine Mutter besuchte, erkannte er nur zu deutlich, wie sich ihre Gesundheit verschlechterte. Insgeheim gab er sich die Schuld an ihrem körperlichen und seelischen Verfall. Als zu dieser Sorge noch der Kummer über das würdelose Verhalten seiner Gattin hinzukam, konnte er die Last nicht länger schultern. Bald glich er einem gebrochenen Mann.

Dona Dimenta, tapfer gegen den unaufhaltsamen Marasmus ankämpfend, war die Erste, die seine traurige Veränderung bemerkte. Auch war sie die Erste, die von seinen Eheproblemen erfuhr. Als er diese offen gestand, weinte sie bitterlich darüber.

Bei seinem nächsten Besuch aber hatte sie einen Entschluss gefasst, der ihn überraschte und sogar ein wenig ängstigte. Sie war fertig zum Ausgehen gekleidet, und auf die Frage, was sie vorhabe, antwortete sie: »Ich habe nicht mehr lange zu leben, mein Ago. Und ich werde auf meinem Sterbebett keinen Frieden finden, bevor ich nicht alles dafür getan habe, meinen Sohn glücklich zu machen. Ich will Furcht wie Feigheit beiseiteschieben, mit dir zu deiner Frau gehen und versuchen, sie wieder auf den rechten Weg zu bringen. Gib mir deinen Arm, Ago.« Gehorsam willigte er ein, und gemeinsam fuhren sie mit der Kutsche seinem unglücklichen Heim entgegen.

Es war erst 12 Uhr mittags als sie sein zweistöckiges Haus erreichten. Irina war in der Küche beschäftigt, denn es war gerade Essenszeit. Er lotste sein Mütterchen stillschweigend in das Wohnzimmer und bereitete danach sein Weib auf die Wechselrede vor. Glücklicherweise hatte sie zu dieser frühen Stunde noch keinen Whiskey angerührt und war geselliger als sonst. Einigermaßen beruhigt ging er wieder zur Mutter. Gleich darauf folgte ihm seine Frau.

Die Begegnung mit Dona Dimenta verlief besser, als er es zu hoffen gewagt hätte. Mit leiser Besorgnis beobachtete er jedoch, dass seine Mutter seinem Weibe nicht ins Gesicht sehen konnte, wenn sie das Wort an sie richtete. Er war darum erleichtert, als Irina den Mittagstisch zu decken begann. Sie legte eine Decke auf, brachte ofenwarmes Brot herein und schnitt ihrem Mann eine Scheibe ab. Dann stolzte sie zurück in die Küche.

In diesem Moment stellte Ago erschrocken fest, dass sich auf dem fast blutleeren Antlitz seiner Mutter die gleiche Veränderung zeigte, wie an jenem Morgen, als Irina ihr das erste Mal begegnet war. Bevor er etwas sagen konnte, flüsterte sie angstvoll: »Bring mich nach Haus, Ago. Komm mit mir und kehre nie mehr zurück!«

Er wagte nicht, sie um eine Erklärung zu bitten; er konnte ihr bloß mit einem Wink zu verstehen geben, leise zu sein. Hastig führte er sie zu Tür.

Als die gebrechliche Madam am Brotkorb vorbeikam, blieb sie stehen und zeigte darauf.

»Hast du nicht gesehen, womit deine Frau das Brot geschnitten hat?«, flüsterte sie erblichen.

»Nein, Mutter. Ich hab nicht darauf geachtet. War es denn stumpf?«

»Sieh genau hin!«

Er sah genau hin: neben den Brotscheiben lag ein neues Klappmesser mit einem Hirschhorngriff. Schaudernd wollte er das Utensil ergreifen, doch von jetzt auf gleich waren in der Küche keine Geräusche mehr zu hören. Lauschte Irina etwa? Sein Mütterchen fasste ihn grob beim Handgelenk.

»Das Messer aus deinem Traum! Ago, ich bin einer Ohnmacht nahe! Um Gottes willen! Bring mich weg von hier, bitte, bevor diese Hexe wiederkommt!«

Er konnte sie kaum stützen. Diese ebenso greifbare wie alles überschattende Wirklichkeit des Messers lähmte ihn fast vor Entsetzen – und vernichtete auch die letzten Zweifel, die er seit der schicksalsträchtigen Traumwarnung vor fast zehn Jahren gehegt hatte.

Mit einer urmenschlichen Anstrengung sammelte er nochmals seine Kräfte, um sein Mütterchen aus dem Haus schaffen zu können. Dies gelang lautlos, sodass dem Traumweibe – so nannte er sie mittlerweile in Gedanken – ihr Verschwinden nicht gleich auffiel.

»Geh nicht zurück! Ago! Geh nie-niemals zurück!«, flehte Senhora Dimenta ihn an, nachdem sie sich wieder in der Sicherheit ihrer eigenen Wohnstätte wusste.

»Ich muss dieses Messer haben!«, stieß er durch seinen Bart hervor.

Die Mutter versuchte erneut, den Sohn aufzuhalten. Der aber eilte ohne weitere Reden hinaus.

Als er zurückkam, war seinem Eheweib das heimtückische Verschwinden der beiden natürlich aufgefallen. Folglich hatte sie schon wieder getrunken; das Zornesfeuer wurde geschürt durch den Whiskey in ihrem Inneren, welchen Irina sich jetzt gewissenlos durch die Kehle jagte. Das Essen in der Küche lag im Aschenkübel und die Tischdecke war wüst heruntergerissen worden. Wo aber war das ominöse Brotmesser? Unüberlegt fragte er sie danach. Die Gelegenheit ihn zu ergrimmen, die sich zwangsläufig aus seinem Benehmen ergab, kam diesem Biest gerade recht.

Er wolle das Brotmesser haben? – Könne er ihr verraten warum? – Nein? – Dann solle er dies nicht bekommen! Selbst wenn er auf Knien darum bäte!
Weitere beharrliche Fragen ergaben, dass Irina das Messer billig erstanden hatte und es als ihr persönliches Eigentum betrachtete. Ago sah ein, dass es müßig war auf diese Weise an das Messer heranzukommen. Er beschloss, einfach heimlich danach zu suchen. Seine spätere Suche blieb je-

doch erfolglos. Es wurde Nacht und er verließ das Haus, um in den Gassen umherzuwandern.

V

Zwei Wochen zogen ins Land. Noch immer war Irina wütend auf ihn und hielt das Messer allzeit versteckt, während er sich weiter davor fürchtete mit ihr in einer Stube zu schlafen. War er schlicht feige oder übertrieben achtsam? Oder gar beides?! Nachts lief er umher, schlummerte im Wohnzimmer oder wachte an dem Sterbebett seiner hochbetagten Mutter.

Noch bevor die erste Woche des neuen Monats vorüber war, schied sie sanft dahin. Es waren nur noch zehn Tage bis zu seinem Geburtstag. Agostinho war bei ihr, als sie in die Ewigkeit einging. Und ihre letzten Worte galten ihm: »Geh nicht zurück, mein Sohn. Geh nicht zurück! Möge dich das Liebesglück aufs Neue finden. Vertraue mir. Und dem guten Frieden in dieser Welt!«

Doch Ago sah sich gezwungen, entgegen dem weisen Rat der seligen Mutter zu handeln. Und sei es nur, um seine betörende Furie nicht aus den Augen zu lassen. Vollends empört über sein Misstrauen ihr gegenüber, hatte diese einen neuen Racheakt ausgeheckt, um ihm noch mehr Übel zu bereiten. Irina verkündete, auf das Recht am Begräbnis teilzunehmen, zu bestehen. Was er auch dagegen sagen oder tun wollte, sie hielt halsstarrig daran fest.

Am Tag der Totenmesse drängte sich Irina hässig und betrunken zu ihrem Gatten und erklärte, dass sie wie die übrigen Trauergäste auch an das Grab seiner Mutter gehen würde. Diese satte Boshaftigkeit raubte ihm für einen Moment den Verstand – er ohrfeigte sie. Er bereute den Hieb noch im selben Augenblick. Irina kroch in eine Ecke des Zimmers und stierte ihn an. Dies triste Notbetragen kühlte sein erhitztes Gemüt. Aber jetzt war keine Zeit mehr, um gefühlsduselige Trostworte anzubringen. Der Mann in diesem Hause musste nun das Äußerste wagen und sein Gespons der Schlafkammer überlassen – hinter zugeriegelter Tür!

Als er nach einigen Stunden zurückkehrte, saß Irina dicht am Fußende des Bettes und hatte ein Reisebündel auf dem Schoß liegen. Sie erhob sich, blinzelte ihn an und sagte sonderbar gelassen: »Niemals hat mich ein Mann zweimal geschlagen, und auch mein Ehemann soll keine zweite Gelegenheit dafür bekommen. Öffne die Tür und lass mich gehen. Von diesem Tag an haben wir uns nichts mehr zu sagen.«

Noch ehe Ago etwas erwidern konnte, hatte Irina das Zimmer verlassen. Er sah, wie sie die Gasse hinunterging. *Wird sie zurückkommen?*

Die halbe Nacht lag Agostinho wach und lauschte dem Nichts. Nein, er hörte keine Schritte...

In der darauffolgenden Nacht kroch er, überwältigt von Müdigkeit, mit den Kleidern am Leibe aufs Ehebett. Die Tür war verschlossen, der Schlüssel lag auf der Wäschekommode. Eine Kerze brannte. Sein Schlaf wurde durch keinen Mäuselaut gestört. So vergingen mehrere Nächte. Nichts Böses geschah.

In der sechsten Nacht legte er sich abermals zur Bettruhe nieder. Der Türschlüssel lag wie immer auf der Wäschekommode, auch die Kerze brannte. Ago fühlte sich spürbar ruhiger; er schlief ein. In dieser Nacht jedoch wurde der Hausherr gestört. Zweimal wachte dieser auf, zunächst ohne ein Gefühl des Unbehagens. Beim dritten Mal empfand er dasselbe Zittern wie damals in dem einsam gelegenen Bauernhaus, und die gleiche Lanzenspitze im Herzen.

Von der einen Sekunde zur anderen war Ago hellwach. Ahnungsvoll blickte er zur linken Bettseite hinüber und dort stand – die Traumgestalt?! Eine satanische Wiedergängerin? Nein! Es war niemand anderes als *seine* Frau! Bei Gott, leibhaftig stand sie dort und glich seinem Traumbilde wie ein Maiskolben dem anderen gleicht!

Den anmutigen Arm weit nach oben gehoben. Und das Messer – den Messergriff fest mit der Hand umklammert!

Ohne noch länger zu zaudern, stürzte sich Agostinho auf die vertraute Frauengestalt. Doch er war nicht flink genug und so verbarg sie das Messer geschickt. Wortlos, gar ohne wildes Gebrüll, drängte er sie in einen Hanfsessel. Mit der Hand tastete er ihren Ärmel ab – dort wo die Frau aus seinem Urtraum das Mordwerkzeug versteckt hatte, hatte es auch sein verfluchtes Eheweib verborgen! Ein Klappmesser mit Hirschhorngriff, das wie unbenutzt aussah.

Voll Traute entriss er ihr das teuflische Metall. Mit dem Messer in der Hand sah er sie an und sprach: »Du hast gesagt, dass wir uns nie mehr wiedersehen würden. Aber du bist zurückgekommen. Jetzt ist es an mir zu gehen – und zwar für immer. Und lass dir gesagt sein: Ago wird sein Wort halten!«

Er verließ sie und schritt in die Finsternis der Nacht hinaus. Ein rauer Wind wehte und es roch nach frisch gefallenem Regen. In der Ferne schlugen Kirchenglocken die Viertelstunde.

Agostinho fragte einen Wachposten nach der Uhrzeit. Der bewehrte Posten murmelte schläfrig: »Gleich 3 Uhr.«

3 Uhr nachts... welcher Tag des Monats hat soeben begonnen? Er rechnete zurück bis zur Beerdigung seiner Mutter. An der bizarren Parallele gab es keinen Zweifel – es war sein Ehrentag! War Ago der tödlichen Gefahr entronnen, die ihm sein Traum prophezeit hatte? Oder war er eher zum wiederholten Male gewarnt worden? Als ihn dieser unselige Argwohn befiel, blieb er stehen, dachte rasch nach und schlug wieder den Weg in die Stadt ein.

Agostinho war noch immer entschlossen, seiner dirnenhaften Gemahlin nie wieder unter die Augen zu treten. Doch jetzt hatte er plötzlich den Einfall, sie zu beschatten. Das Messer befand sich ja in seinem Besitz. *Ich muss wissen, wohin sie geht – jetzt, da sie glaubt, ich hätte sie aus lauter Ingrimm verlassen.* So dachte er und machte sich über Schleichpfade auf zu seinem Hause. Eine vage Furcht im Nacken...

Es war dunkel. Ago hatte die Kerze im Schlafgemach brennen lassen. Aber als er zum Fenster hinaufsah, war kein Licht mehr zu sehen. Wie auf rohen Eiern ging er zur Eingangstür. Er entsann sich, diese beim Fortgehen abgeschlossen zu haben. Nun stand sie offen. *Verdammt! Was jetzt tun? Was lassen?*

Knecht Ago nahm all seinen Mut zusammen und wagte sich ins Hausinnere. Er lauschte, horchte – hörte nur seine eigenen Trittgeräusche. Agos Augen linsten in die Küche, die Speisekammer und Wohnstube – nichts war zu sehen. Zuletzt ging er hoch ins Schlafgemach. Auch dieser Raum atmete lieblos verlassene Leere. *Aber was siehst du hier?!* Auf dem Boden lag ein Dietrich, der verriet, wie sie sich in besagter Nacht listigerweise Einlass verschafft hatte. Doch gab es keine weiteren Spuren von ihr. Wohin war Irina nur gegangen? War diese *Hexe* im Schutze der Dunkelheit geflohen?! Nur der Allmächtige allein hätte ihm das sagen können.

Bevor Agostinho seinem Haus und der Hafenstadt auf immer und ewig Lebewohl sagte, bat er einen honetten Nachbarn, seine Möbel für jedes noch so knauserige Gebot zu verhökern. Mit dem Erlös sollte die Geheimpolizei seine verschollene Hauszierde ausfindig machen. Jeder Kupfermünze wurde streng für die Nachforschungen aufgewendet. Doch die Ermittlungen führten zu keinem vorzeigbaren Ergebnis. Der Diebeshaken auf dem Schlafzimmerboden blieb die letzte Spur von Irina Violante Dimenta.

VI

An dieser Stelle endete der Wirt mit seiner Diegese, lehnte sich zum Fenster und sah zu den Ställen hinüber.

»Bis hierher hab ich Ihnen alles so erzählt, wie es mir dargelegt wurde«, sagte er. »Das Wenige, was noch fehlt, hab ich selbst erlebt. Zwei oder drei Monate nach jenen Geschehnissen kam Ago Dimenta zu mir. Und zwar so, wie ihn der Medikus heute gesehn hat: frühzeitig gealtert. Nun, er legte mir seine Zeugnisse vor und fragte nach Arbeit. Da ich wusste, dass er entfernt mit meiner Frau verwandt war, ließ ich es auf einen Versuch ankommen. Tja... ich begann ihn zu mögen, trotz seiner merkwürdigen Angewohnheiten. Ago ist so aufrichtig und hilfsbereit wie kein anderer in Portugal. Dass er tagsüber seine freie Zeit verschläft, ist, nachdem was er erlebt hat, nicht weiter verwunderlich. Außerdem hat er nichts dagegen geweckt zu werden, wenn er gebraucht wird. Es gibt also im Grunde nichts, worüber ich mich beklagen könnte.«

»Fürchtet er sich denn vor der Wiederkehr des schrecklichen Albtraumes? Und vor dem Aufwachen in der Dunkelheit?«, fragte ich.

»Nein«, antwortete Dono Quinta. »Dieser Traum kehrt inzwischen so oft wieder, dass er sich damit abgefunden hat. Es ist der Gedanke an sein einstiges Weib, der ihn nachts nicht schlafen lässt. Hat er mir schon mehrmals gestanden.«

»Was? Man hat nie wieder von ihr gehört?«

»Nie wieder. Allein Ago denkt, sie sei noch am Leben. Bin überzeugt davon, dass Ago sich für kein Geld der Welt dazu überreden ließe, gegen 3 Uhr morgens einzuschlafen. *Um 3 Uhr morgens*, behauptet er, *wird sie mich eines Tages finden!* Immer 3 Uhr: Genau zu dieser Nachtstunde fühlt er sich nur sicher, wenn er jenes Klappmesser bei sich hat. Und das tagaus, tagein. Verrückt, nicht?

Es macht ihm nichts aus, allein zu sein, solange er wach ist. Mit einer Ausnahme: In der Nacht zu seinem Ehrentag hält er stur an dem Glauben fest, in Lebensgefahr zu schweben. Seit er bei uns in Tavira arbeitet, hatte Ago nur einmal Geburtstag. Aber da weilte er bis zum ersten Hahnenruf beim Nachtwächter. *Sie sucht mich,* ist alles was er sagt, wenn ihn einer auf seine abnorme Ängstlichkeit anspricht. *Diese Teufelin sucht mich!*
Unser ewiger Einzelgänger könnte recht haben. Vielleicht sucht sie ihn wirklich. Wer weiß...«

»Wer weiß...«, sagte auch ich und leerte mein Weinglas. Von einer weiteren Flasche sah ich ab.

Was gibt es doch für unheimliche Dinge auf unserem Erdenball? Ich griff nach meinem Lederhut und schwor mir insgeheim, niemals den Hafen der Ehe anzusteuern... niemals!

Der Aussteiger

von

Wutike

Am Telefon hab ich ihn mehrmals sagen hören: über 20 Jahre... hier, ja! Auf meinem Gutshof... Kein Witz! Kannst du mich jederzeit besuchen kommen...

Fünf Wochen später durchquere ich mit einem Mercedes-Sprinter ein Viertel der Bundesrepublik. Fraglos motiviert lege ich Hunderte von Kilometern zurück, hoffe zu finden, was zahllose Künstlerseelen auch in diesem Jahrhundert suchen mögen — Abgeschiedenheit nebst inspirierender Freiheit.

Gegen die Mittagszeit gewahre ich das uralte Bauernanwesen, welches zur Gemeinde Gumtow im nordwestlichen Brandenburg gehört. Wenige Jahre nach dem Mauerfall hat Jakob der deutschen Hauptstadt den Rücken gekehrt. Um hier — außerhalb des Minidorfes Wutike — ein Leben im Bunde mit Tier & Natur zu führen. Zu genießen, will ich glauben.

Von monatelang gespeister Vorfreude angetrieben jumpe ich gleich Super Mario aus meinem Vehikel. Die Sonne lacht vom Himmel. Gute Laune flutet mir das Gemüt. Bin ich irre? Bin ich mutig? Bin ich egoistisch? Bin ich auf dem richtigen Wege? Ich schaue mich flüchtig um, im Schatten einer Baumgruppe erblicke ich ein halbes Dutzend gackernder Hühner. All right! So sieht's live also aus: am Rande menschlicher Zivilisation.

Der Aussteiger von Wutike winkt mich wie ein Flugloste übers grüne Gelände. Mein Auge sucht gepflasterte, wenigstens geschotterte Wege — Fehlanzeige. Ich sehe lediglich Unkraut befallene Pfade. Wir begrüßen uns freundlich und fidel.

»Hat der Maler schon gefrühstückt? Sag nur, wenn du Hunger hast.«

»Danke, alles okay«, entgegne ich und bejahe seine Frage.

Mir springen nacheinander etliche Autowracks ins Auge. Mindestens 10! Summa summarum haben jene Blechhaufen eine beträchtliche Fläche der Hofstelle, ja, man darf ruhig sagen, okkupiert. Auch ein Klein-

laster, Marke Chromstern mit praktischer Ladeflä-
che, rostet hier in ungestörter Beharrlichkeit runter
bis auf die Felgen. Bei manchen Fahrzeugen steht die
Motorhaube weit offen; poröse Verkabelungen quel-
len hervor, ganze Stränge haben sich scheinbar ver-
selbständigt. Jedoch spielt die Witterung dabei den
Einhalt gebietenden Sensenmann... eine von uns Erd-
lingen nicht beherrschbare Macht, die zu jeder Tag-
wie Nachtstunde dem Werke der Vergänglichkeit
dient.

Einer der schmalen Pfade führt mich bis vor die
"Wohnstuben" des Anwesens. Huch! Mehrere Vögel
flattern verschreckt über mein neugieriges Köpflein
hinweg. Sind die eben aus dem Hausinneren geflogen
gekommen? De facto? Der Beweis folgt prompt: eine
Handvoll lose Federn segelt nahe meiner Nasenspitze
zur Erde nieder.

Jakob trottet mit lahmem Gang voran. Wir betreten ein durchschnittlich großes Zimmer.

»Die Schwalben krieg ich nicht los, haben unterm
Dach Nest gebaut. Freche Biester! Fühlen sich wohl
bei mir.«

»Ja? Donnerwetter, sieht irgendwie danach aus«,
so meine verdutzte Erwiderung.

Mit dem Betreten des Raumes fühle ich mich — allerdings bei schwindender Begeisterung! — in einen anderen Winkel Europas hinüberkatapultiert. Vielleicht ins öde Hinterland einer Ukraine, das neben einem wirren Regierungsapparat noch unter den kolossalen Altlasten einer unseligen UdSSR-Ära zu leiden hat...

Der Gastgeber, es ist ja dessen Privilegium, nimmt die einzige Sitzgelegenheit in Beschlag, während ich mein Hinterteil ungeniert auf den Tischrand hieve. Jakob ist eher kleingewachsen, dito auffällig der Hang zum Übergewicht. Auf seinem Kopf sprießen vereinzelt altersgraue Haarbüschel. Seine Hände zeigen unübersehbar Spuren von Schinderei und schlechter Seife. Eigentlich wirken seine Wurstfinger so, als wollten sie gar nichts anderes sein — als unleugbar ungepflegt. Tja, seine gesamte Gestalt scheint auf Körperpflege nicht viel zu geben. Das löchrige Hawaii-Hemd ist reif für den Kleidersack, und die beige Stoffhose ist so *rotten* wie Whistleblower Snowden unter dem CIA-Radar nur gelten kann. Zu schlechter Letzt erschnuppere ich den sogenannten Armeleutegeruch, allmählich; dieser weht nahe an der Grenze zur olfaktorischen Penetranz. Ob er wohl eine moderne Dusche sein Eigen nennt? Ich hoffe doch!

Meine Beine baumeln über einem Laminatboden, der tagelang und fachmännisch geschrubbt werden müsste, um eventuell zur Wohnlichkeit beizutragen. Wenn ich unter visuellen Eindrücken das Allerweltswort Möbel anführen würde — die realen Gegebenheiten wären kaum ansatzweise wiedergeben.

Längs der Wand gegenüber dem urigen Fenster steht eine Art Stubenbüfett aus den 70er Jahren. Leider ist es von einem Film aus Staub und Schmutz überzogen, welchem kein Reinigungsmittel der Welt je beikommen wird. Neben dem holzwurmgeweihten Möbelstück sichte ich den Elektroherd; auch dieser macht einen so abgefuckten, so verdreckten Eindruck, dass man nur für zwei Wimpernschläge hinsehen kann, ohne dass einen der Ekel packt.

Ich spare mir die Mühe, mein Rumglotzen zu verhehlen; nutze sogar den Zeigefinger, um nach den Gründen für dieses oder jenes "Problem" zu forschen. Anstelle von Problem stehen in meinen Gedanken eher die Begriffe "Desaster/Niedergang/Verfall/Kalamität" et cetera pp.!
Mein Blick wandert steil hoch — ach, du grüne Neune, lose Stromkabel hängen von der Zimmerdecke!

Jakob: »Pfingstwoche war eine Elektriker hier, will vor seine Sommerurlaub nochmal danach schauen. 150 Kröten brauchen wir, mindestens.«

TeeM: »Mannomann...« Leidlich mache ich einen auf B-Schauspieler mit Artikulierungsschwierigkeiten, um mir meine Mordsenttäuschung nicht anmerken zu lassen. Der Jungmaler spürt bitter im Rachen, wie der Optimismus des Tages sich zu verflüchtigen beginnt...

TeeM: »Und hier waren auch mal Damen zu Gast? Eine junge Frau, korrekt?«

Jakob: »Ja, ja. Hat hier gelebt, eine. Paar Monate, Wohngemeinschaft, dann ist wieder gegangen. Weiter, nach Dänemark. Egal, hat fast immer geraucht, zu viel Haschisch.«

MONATE?!? Mir bleibt die Spucke weg... Was für ein ultrazähes Frauenzimmer muss dies gewesen sein, das ohne Strom und eigene Waschmaschine zu "wohnen" vermochte?! Ist das zu glauben... ob denn meine Vorgängerin hier irgendwo ein Badezimmer fand??? Ich komme mir plötzlich vor wie das größte Weichei auf Gottes Erdenball. Wer will mir das verdenken?

Wir reden eine Viertelstunde über meine Fahrt, fatigante Bauarbeiten auf der Autobahn, über Gott und die Welt, das Wetter, zumeist Unwichtiges. Hab ich nun eine glückliche Seele oder einen alten Narren vor mir?

Ich wechsle in die Senkrechte, trete ans *jahrhundertealte* Fenster. Der durch unkontrollierte Luftfeuchtigkeitswechsel ramponierte Farbanstrich am dürren Holzrahmen — abermals Hopfen und Malz verloren!

Sicher, eine Penthouse-Bleibe mit Side-by-side Kühlschrank und privatem Sauna-Service hatte der Maler NICHT erwartet. Jedoch eine halbwegs verlässliche Stromquelle zur Nutzung diverser IT-Geräte wie beispielsweise eines Notebooks — OHHH JAAA! Und wie steht's mit einer Nachttischlampe fürs regelmäßige Rezipieren meiner Bettlektüre? Soll ich etwa Abend für Abend mein heiliges Ritual des Zubettgehens im Kerzenschein — völlig undenkbar! Binnen Kurzem würde das ganze Rübennest den Flammen zum Opfer fallen!

Ich linse nochmals zum sperrmüllreifen Büfett hinüber: das einst verbaute Glas, diese kleinen versifften Scheiben, teils zerbrochen, gesplittert... was könnte einer darin aufbewahren? Putzeimer, Lappen, Kehrwisch, ein Jahresvorrat Scheuermilch oder Essigessenz? Oder doch eine Division aus Zinnsoldaten, die einen täglich mit vergällender Schweigsamkeit

daran erinnert, dass die Menschheit noch immer sinn-
lose Kriege und nur wenig Frieden kennt? Damit der
Hässlichkeit der angetroffenen "Materie" Genüge getan ist, wäre vielleicht noch die gleichsam vergilbte
wie vergessene Tapete zu nennen, die hie und da und
doch *überall* mit Exkrementen eines unberechtigt im
Dachstuhl hausenden Federviehs gesprenkelt ist.
Leider, leider!

Nun, dieses Zimmer würde selbst dem hartge-
sottensten Minimalisten sein Magister abverlangen.
Streng genommen schreit jeder Quadratzentimeter
nach Renovierung.

Schließlich wechseln wir die Location, treten wieder
unter den freien Himmel. Wenigstens dreht mir der
Sonnengott keine lange Nase.
Für einen Moment wähne ich mich inmitten einer
Wiese. Zitronenfalter fegen mir knapp über den
Scheitel hinweg, verduften im Dickicht aus buntem
Blumengewächs. In drei Himmelsrichtungen behaup-
ten Gräser und Halme, nicht selten hüfthoch, eine im
wahrsten Sinne des Wortes weit reichende Präsenz.
Die Pflanzen, ihre einlullenden Grüntöne, haben hier
einen Siegeszug angetreten — einmalig im Prignitzer
Lande! Mich juckt es in den Fingern, stundenlang

nichts anderes zu tun, als diesen Wildwuchs mithilfe eines Balkenmähers zu stutzen. Irgendwo irgendwie Ordnung schaffen, jap, ganz nach meinen pseudo-akkuraten Vorstellungen…

Jakobs Stimme plätschert mir ins saumselige Ohr: »Maler Sitzweg? Hör mal, kennst du des Wort *autark*? Au-tark, na?«

»Klar, jap«, nicke ich verständig, »ist mir bekannt.«

»Gut, gut. Bist du also intelligent. Un hier, hier kannst du *so* leben. Ja, deine Onkel Jakob lebt autark. Fast des ganze Jahr, haha!«

TeeM: »*Spitzweg* meint: das klingt interessant…«

An meinen Schuhsohlen klebt Hühnerdreck. Das fällt mir fett auf den Wecker. Der selbsternannte Philanthrop, mit familiären Wurzeln im nahöstlichen Libanon, bemerkt es.

Jakob: »Du bist penibel. Sei keine Diva… ey, guck nich so mürrisch. Du darfst nicht vergesse: meine Hühner ernähren mich.«

Und mich? Herrgott, von was soll ich mich ernähren?

Von überall her strömen Gerüche auf mich ein. Und aus vagen Gerüchen wird bisweilen Gestank, der mir schamlos die Nase beleidigt. Was ist *hier* nur geschehen? Im ewiglichen Turnus der Jahreszeiten?

Hat womöglich das Verrotten wie Schimmeln von mannigfacher Materie über die Jahre seinen eigenen *Odem* entwickelt, der quasi zum festen Bestandteil des Hofes geworden ist? Zumindest überrumpelt mich dieser Eindruck. Ich korrigiere: mein Geruchssinn reagiert vielmehr *überrumpelt*.

Unverhofft spüre ich meine Blase ein vertrautes Signal aussenden.

TeeM: »Mal was anderes: wo soll der Künstler eigentlich auf Toilette gehen? Wo kann man hier seine Notdurft verrichten?«

Jakob: »Wie, wo, Not — ?«

TeeM: »Die Toilette, das stille Örtchen. *Wo* ist deine Toilette?«

Er wendet nonchalant den Blick ab.

Jakob: »Ach so! Joh, hab ich eine. Aber ist was daran kaputt. Will ich reparieren, Material hab ich schon da.«

TeeM: »Kaputt?! Meine Güte, Jakob...«

Noch eine Geste eitler Beschwichtigung.

Jakob: »Nicht schlimm. Überall *hier* hab ich Toilette. Hinter d' Scheune zum Beispiel. Kannst du pinkeln, wohin du willst. Mach ich auch so.« Er lacht gaunerhaft, sodass Räuber Hotzenplotz vor Neid erblasst wäre.

Vor einer monströsen Scheune mit gemauerten Außenwänden befindet sich eine Art Terrasse auf Favela-Niveau. Es liegen immerhin über Erde und Sand etwa 25 m^2 an Schottersteinen. Von einer offenen Feuerstelle steigen Rauchschwaden auf, ein Grillrost liegt in Griffnähe.

TeeM: »Und was haben wir hier Besonderes?«

Ich klinge wie ein nassforscher Tourist. Gewahre einen Holztisch, Campingstühle und allerlei — extrem abgenutzte — Küchenutensilien. Es lassen sich auch zwei schiefe Bierbänke finden; teils mit Kochtöpfen, Bratpfannen und dergleichen belagert. Es bleibt gerade noch ein Plätzchen für meinen Podex.

Jakob: »Ich mach gern Feldküche. Kannst du nicht sehen? Deine Onkel ist eine 5-Sterne-Koch, jaja!«

Feldküche, Tatsache. Dann hat Jakob also hier seinen Koch- und Essbereich. *Hier draußen?!?*

Aha! Okay, der Aussteiger von W. pflegt mit Vorliebe im Freien zu speisen — warum auch nicht? Die verdammten Schmeißfliegen leisten einem sicher fürstliche Gesellschaft... Geht's einem da nicht rosig wie einst dem Hefner in der Playboy-Mansion? Erst das Manko mit dem Strom, dann die Hiobsbotschaft von 'nem defekten Scheißhaus... Ich hatte es ja vage geahnt, irgendwie befürchtet. ABER dass mich die

Henker des Schicksals dann derart aufs Schafott zerren — HELL NO!!!

Ich muss mich setzen. Setzen muss ich mich. Ohne Verzug + in vollen Zügen eine quarzen. Dazu würde ich am liebsten elf doppelte Tequila hinunterstürzen. Später nach Alaska reisen, noch 11 Shots und nebenbei mein Testament tippen, alles der Adix°Wege°Stiftung vermachen; zur finalen Exemtion im letzten Rausche ein sarggroßes Loch irgendwo auf dem Mount Chamberlin/Brooksskette buddeln, mich reinbetten — und einfach warten bis Schneeengel und Eiseskälte mich in eine andere Welt befördern.

Nein, nein, TeeM, nicht so defätistisch denken, jämmerlich fühlen... Selbstmitleid ist in 99 % aller Fälle nichts weiter als pure Zeitverschwendung. Nope, auf solch einem Gedankenboden kann kein Schöpferwille gedeihen. Kille langsam, aber sicher die Illusion; sieh ihr beim Verenden zu... Ihre Macht wird schwinden, verdampfen wie der Äther unterm Sonnenlicht. Dir muss bewusst werden: in jeder Krise steckt eine Chance.

Das Nikotin meiner Öko-Zigarette lindert die Seelenpein. Jakob hantiert mit einer Pfanne, die das Römer-Museum im württembergischen Auenland mit

Kusshand aufnähme. Nachdem ich den Ziggostummel unserem "Mittagsfeuer" überlassen habe, höre ich den lupenreinen Landluftguru plappern:

»Komm, Pinsler, lass uns mal d' Hüüühhner füüdern! Die ham auch Hunger...«

Zwei Minuten später steigen wir eine kurze Holzleiter hinab. Die Scheune ist zur Hälfte unterkellert. Ich hab die Futterkörner im Schlepptau, einen sperrigen 25-kg-Sack.

Jakob: »Einfach da rein in das Kübel schütten. Bis zu diese Markierung, klaro amigo?«

Ich tue wortlos wie mir aufgetragen; Mecklenburger Landweizen mehr und mehr. Der Erdboden ist mit reichlich Stroh überdeckt. Hier unten haben die Hennen ihren zentralen Futterplatz sowie das Nachtlager. Entlang den Wänden hat Bauer Jakob sein ovales Hauptnahrungsmittel, in zig sorgfältig ausgepolsterten Obstkisten im Kleinformat, zur Lagerung verwahrt. Außerdem sehe ich — und so halb möchte ich dabei reihern — zwei elendig verreckte Ratten unweit der Klappe fürs Federgetier.

Jakob folgt meinem angewiderten Blick, spricht so: »Ham die Drecksratten totgemacht un anschließend mit Fußball gespielt. Haha! Meine Ninja-Hühner!

Eigentlich ist doch Aufgabe für Katze, aber naja... Hauptsache tot, kann keine Schaden mehr machen.« Sein Deutsch ist zumeist so grottenschlecht, dass es ansteckend wirkt.

TeeM: »Komm, Kamerad, lass wieder nach draußen gehen.« Genug gesehen, genug gerochen. Kein Körnchen für mich, nichts geboten, was einem das Gemüt erheben könnte.

Als wir zurück im Parterre der Scheune sind, werfe ich einen kritischen Blick hoch zu den Tragbalken; Statik und solche Dinge. Mir stellen sich die Nackenhaare — Einsturzgefahr! Wie man es nur aus dem Fernsehen kennt. Ich ziehe den Kopf ein. Achte genau auf meine Bewegungen. *Verehrte Götter der Pinselmagie, haltet eure Hände über mich!*

Zurück an der heimischen Feuerstelle schickt Jakob sich an seinen Verdauungskaffee zuzubereiten. Ich gönne mir noch eine Spirit-Fluppe, nehme neben einer Teigschüssel Platz. Hm, stammt Letztere vielleicht aus dem Jahrhundert erster Dampfmaschinen?

Ich sehe zum baufälligen Wohnhaus hinüber... welch Schande! Der Zahn der Zeit wird nach und nach alles zermalmen. Aufhalten könnten ihn nur Investitionen im 5-stelligen Bereich; ein Dutzend von Handwerksburschen, die wochenlang schuften müssten, außen wie innen.

Obgleich ich viel für die Natur, für ein vitales Grüne-Landschaft-Dorado bis zum Horizont übrighabe... aber nein, hier gehöre ich nicht her. *Hier* würde mir die Zukunftsangst jeden Morgen ein Bein stellen. *Jeden Morgen aufs Neue, du Farbenartist.*

Mir liegt die Bemerkung auf der Zunge, ob er, ein Eigenbrötler vor dem Herrn, denn WIRKLICH seine Tage zwischen Hühnerstall und Freiluftkloake beschließen möchte. Dieser Anflug von schnödem Zynismus lässt mich selbstanklägerisch den Kopf schütteln. Mensch, wozu einen Utopisten im Rentenalter kränken? Man will meinen, dass weder Ängste noch Sorgen auf seiner Seele lasten.

Nochmal, etwaige Nachwelt: Hab ich nun einen glücklichen Lebenskünstler oder einen grau gewordenen Narren vor mir?

Jakob legt zu meiner Überraschung eine bierernste Miene auf. »Weißt du was, Pinsler?«

TeeM: »Bin ganz Ohr, Meister Eder. Dein Pumuckl erwartet den Schlachtpan.«

»Eine Anwalt, *meine* Anwalt... wir miesse diese Arsch verklagen, okay?«

»Bitte, was? Sag das noch mal.«

»Hast nich zugehört am Telefon? Ich war mal Chef von eine Pizzeria. Irgendwann hat mich meine Personal bestohlen. Geklaut wie d' Ratten. *Meine Geld!* Aber der Anwalt, diese Sack, hat nicht glaube gewollt. Un deswege — wir ihn holen UHN verklagen. Hab extra eine alte Kombi repariert, prima Ford-Modell. Na, hast verstanden?«

»Donnerwetter, du möchtest dich mit der Justiz anlegen?«

»Weißt du nicht, auch eine Anwalt kann man verklage. Wenn diese seine Job, seine Beruf schlecht macht. Warum so viel Jahre studieren, wenn am Ende nix gudt kann?«

Kaum zu glauben, was ich da vernommen habe.

»Du muss mir helfen, dann besteht groooße Chance für mich. Für uns! Ist doch nur eine Winkeladvokat! Sag man sooh, richtig?«

»Jap, das Wort gibt es. Aber, mein Freund und Kupferstecher...«

Durchschlagend schießt es mir in den Kopf: Soll das der Preis für ein umfassend antikapitalistisches Leben sein? Kidnapping eines Anwaltes nach der Devise *fiat justitia, et pereat mundus*?!

Und die Belohnung: ein defekter Kühlschrank nebst Outdoor-Dusche wie im Mittelalter!

Ich suche eine Quellwolke am sommerlichen Himmel über Norddeutschland, genieße den naturbelassenen Tabakduft der American Spirit. Gelassen, zwanglos öffnet sich mein Herz zur Neubewertung der gesamten Situation.

Wie wäre ein Wilhelm Busch mit der Situation umgegangen? Oder der hochwürdige Philanthrop sowie Kunstförderer James Simon?
Oder Super-Kultmime
(und Sportler/Sänger/Komponist/Modedesigner/ Musikproduzent/Drehbuchautor plus Gründer einer Fluglinie!) Carlo Pedersoli alias Bud Spencer?
Oder — der wohl coolste von allen — Jahrhundertmaler Spitzweg?

Nun, was mich betrifft, so darf man sagen — die Moral von der Geschicht: Euer Maler, JBvTeemeyer, ist wieder um eine Erfahrung reicher.

Sehr geehrte Politiker/innen
des Deutschen Bundestages,

über 400 Atomkraftwerke weltweit produzieren jedes Jahr tausende Tonnen hoch radioaktiven Müll. Aber auch 60 Jahre nach Beginn der "zivilen Nutzung der Atomkraft" findet sich in keinem Land der Erde ein betriebsbereites Endlager für diese umweltschädlichen Abfälle.

Allein hier in Deutschland wächst das zu entsorgende "Material" − trotz Atomausstiegsplänen/abkommen − um rund 230 Tonnen jährlich. Wenn im Jahr 2022 das letzte Atomkraftwerk in Deutschland vom Netz geht, werden die Atomkonzerne ca. 15.000 Tonnen hoch radioaktiven Müll angehäuft haben. Würde es lediglich um das Volumen der Abfälle gehen, wäre das Problem Entsorgung kein wirkliches Problem mehr: Die rund 29.000 Kubikmeter würden in drei große Sportarenen passen.

Jedoch MUSS dieser "hochgiftige Atomschrott" bis zu einer Million Jahre sicher von der Biosphäre isoliert werden!

Ihr wisst es alle!

Auf der Suche nach einem reellen Endlager wird in Deutschland seit über drei Jahrzehnten nur in eine Richtung gedacht: Die radioaktiven Abfälle sollen tiefengeologisch "endgelagert", das heißt, ohne Rückholmöglichkeit mehrere hundert Meter tief unter der Erde versenkt werden. Beim tiefengeologischen Vergraben wird der Atommüll unterhalb des Grundwasserspiegels gelagert.

Allerdings möchten wir doch alle eine radioaktive Verseuchung unseres Grundwassers vermeiden!

Deutschlands missliche Atommüll-Strategie

Ende der 70er Jahre wurde es in Deutschland eng für die Zukunftspläne der Atomindustrie. Denn der Betrieb der Atomkraftwerke ist laut Vorschriftenkatalog an den Nachweis einer sicheren Entsorgung gebunden: Mangels Endlager wäre eigentlich schon damals Schluss gewesen mit dem Betrieb von Atomreaktoren in Deutschland. Tja, leider gab es auch im letzten Jahrhundert skrupellose Lobbyisten...

Nochmals zur Erinnerung, verehrte Damen und Herren!

Fakt #1

1981 verkündet die bayerische Staatsregierung unter Franz-Josef Strauß erste Pläne für eine so genannte Wiederaufarbeitungsanlage (WAA) im oberpfälzischen Wackersdorf. Entstehen soll dort die weltweit größte WAA für abgebrannte Brennstäbe. Die Atomindustrie bezeichnet die geplante Behandlung von jährlich rund 500 Tonnen Atommüll und deren Weiterverarbeitung zu neuen Brennelementen als eine Art Atommüll-recycling. Wer daran glaubte, der hatte auch schon mehrere UFOs gesichtet. Im April 1989 wird das Projekt Wackersdorf gekippt.

Fakt #2

Wackersdorf ist zwar weg — aber die Lüge vom Brennstoffkreislauf bleibt weiterhin in den Köpfen von Abermillionen Bürgern.
Nun lassen die Atomkonzerne den Müll in den Wiederaufarbeitungsanlagen im französischen La Hague und im britischen Nuklearkomplex Sellafield behandeln. Etwa die Hälfte der bis heute angefallenen abgebrannten Brennelemente aus deutschen Reaktoren wird in der Zeit von 1989 bis 2005 ins Ausland gebracht.

Der Stopp kommt erst nach vielen Protesten im Zuge der Vereinbarungen des rot-grünen Atomkonsenses.

Fakt #3 Zwischenlagerung

Seitdem werden abgebrannte Brennelemente in Zwischenlagern an den Atomkraftwerken deponiert. Doch die Abfälle aus den Wiederaufarbeitungs-Kontrakten in La Hague, die seit 1996 zurück nach Deutschland kommen, erreichen nicht wieder den jeweiligen AKW-Standort, aus denen der Müll ursprünglich stammt. Sie werden ins zentrale Zwischenlager nach Gorleben transportiert, das über dem gleichnamigen Salzstock steht.

Fakt #4

Gorleben ist seit Jahrzehnten der Alibi-Endlagerstandort der AKW-Betreiber. Der Salzstock in Niedersachsen ist jedoch für diesen Zweck denkbar ungeeignet. Statt eine wissenschaftlich seriöse Suche nach der bestgeeigneten Gesteinsformation zu starten, bestimmten die in den 70er Jahren verantwortlichen Politiker den Salzstock im Landkreis Lüchow-Dannenberg zum Standort für ein Endlager — ohne eine einzige unterirdische Untersuchung. Diverse geologische Untersuchungen zeigten in den Folgejahren deutlich, dass der Salzstock zur Aufnahme hoch radioaktiven Mülls nicht geeignet ist. Ausschlaggebend für die

Wahl des Standortes waren rein politische Gründe, wie die damalige Grenznähe, die geringe Bevölkerungsdichte und das unrühmliche Anliegen, zügig eine Lösung für das "ewige Atommüllproblem" präsentieren zu können.

Fazit: Das "sichere Endlager" ist eine Mär

Wie extrem schwierig die Suche nach einem geeigneten Endlagerstandort ist, zeigt der Umgang mit der Entsorgung schwach und mittel radioaktiver Abfälle. Deren Volumen wird nach Prognosen des Bundesamts für Strahlenschutz bis zum Jahr 2040 rund 280.000 Kubikmeter betragen – also knapp das Zehnfache des hochradioaktiven Abfalls. Hinzu kommen die Leben zerstörenden Abfälle aus der Brennstoffkette, zum Beispiel aus dem Anreicherungsprozess und dem Abraum der Uranminen.

Bei uns in Deutschland wurden in der Vergangenheit an zwei Orten schwach bis mittel radioaktive Abfälle unterirdisch entsorgt, ein dritter ist rechtlich genehmigt. Nach nur drei Jahrzehnten stellte sich heraus, dass die Experten mit ihren Sicherheitsprognosen bei den ersten beiden Standorten leider falsch lagen: Die "sicheren Endlager" saufen ab oder brechen zusammen.

Asse II

In Westdeutschland wurde 1967 ein "Versuchs-Endlager" im ehemaligen Salzbergwerk Asse II bei Wolfenbüttel in Betrieb genommen. Atomkraftwerksbetreiber kippten hier bis 1978 geschätzte 126.000 Fässer mit Betriebsabfällen ab und bedeckten sie mit Salz. Auch rund 16.000 Gebinde mit mittelradioaktiven Abfällen sind darunter — der größte Teil des Atommülls ist den großen Energieversorgern und der übrigen Atomindustrie zuzurechnen. Nur wenige Jahrzehnte später musste die Betreibergesellschaft zugeben: Asse säuft uns ab. De facto! Tag für Tag fließen etwa 15 m³ Lauge ins Bergwerk. Dadurch könnte langfristig Radioaktivität ins Grundwasser gelangen! Der Atommüll soll, so die Pläne, aus dem maroden Bergwerk geborgen und erst einmal oberirdisch zwischengelagert werden. Die Kosten dafür werden auf rund 4 Milliarden Euro beziffert.

Morsleben

Das ehemalige Salzbergwerk in Sachsen-Anhalt wurde von der DDR seit 1971 als Endlager genutzt und nach der Wiedervereinigung weiterbetrieben, obwohl nicht nur den Verantwortlichen bekannt war, dass das Lager nicht wasserdicht ist.
Erst auf enormen Druck von Greenpeace und anderen Umweltverbänden wird eine Einlagerung von

schwachradioaktiven Abfällen 1998 per Gerichtsbeschluss gestoppt.

Schacht Konrad

Die ehemalige Eisenerzgrube nahe Salzgitter wurde im Jahr 2002 — einmal mehr über zig Polit-Hürden hinweg — als Endlager genehmigt, obwohl auch hier KEIN ausreichender Nachweis der Langzeitsicherheit vorliegt. Konrad soll zumindest planmäßig als Ersatz für Morsleben und Asse dienen. In absehbarer Zeit soll dort die Endlagerung beginnen...

Glosse für umweltbewusste Bürger/innen

"Woher kommt der Atommüll?"

Bei jeder Stufe der atomaren Brennstoffkette werden radioaktive Abfälle produziert: beim Uranabbau, der Uranaufbereitung sowie der Herstellung von Brennelementen. Selbst noch bei der Abschaltung/Stilllegung eines Atomkraftwerks, dem sogenannten Abwracken der Reaktoren. Die größte Menge an Radioaktivität befindet sich jedoch in den abgebrannten Brennelementen, also dem Atommüll aus dem Betrieb der AKWs.

"Und was kann ich dagegen tun?"

→ → →

**HEUTE
HANDELN**
Flagge zeigen
zur
**ENERGIEWENDE
"MADE IN GERMANY"**

www.ews-schoenau.de

Zeittafel zur Textauswahl

2019

- ❖ Der Aussteiger von W.
- ❖ An alle Köpfe
  im Bundestag

2018/19

- ❖ Hades dankt ab

2018

- ❖ Ago – ewiger Knecht
  des eig'nen Traumes*

2017

- ❖ Der falsche Zeitpunkt

2016

- ❖ makaber, makaber

*erstveröffentlicht bei "Im Schattenreich"
© Midnight~Tales, BoD°E-Book Juni '18

STATEMENT

Manche der vorliegenden Textstellen beinhalten
eine explizite Diskriminierung/Verunglimpfung
diverser Personengruppen unserer Gesellschaft.

Der Verfasser jener Passagen wünscht sich von allen
Leserinnen/Lesern, die Wahrung einer klaren
Distanz zwischen ihm als reale Person und der
Ausdrucksweise einzelner Figuren in diesem
Werk freier Erzählkunst!